溫莎墓園日記

木心作品集

1989年攝

本書的寫作處

II

像往常一樣
夜晚出去散步
沿伯爵大街而向下
穿過威武的維托里奧廣場
河邊，柔情的水，遠處的山丘
春天來了，壓抑後激蕩的季節
岸上第一批丁香花，草叢多麼濕潤呀
大量海藻長出來
日照如畫，魚群嬉戲水面
這些都不是叫希臘文考試不及格的人
不能表明你知道所有希臘文的
不規則動詞的新式是怎樣在變位
即使考試，你對希臘的現狀熟悉
你熟悉的並不是希臘人的文化
卻是他們的動物本能
我們下去划船吧
海水的顏色多像孔雀毛

1991.7.12.

手跡

編輯弁言

木心的文章總是空襲式的，上世紀八〇年代他的《瓊美卡隨想錄》、《溫莎墓園》、《即興判斷》……曾那樣空襲過台灣不同世代即使最挑剔的讀者。一如葉公好龍，神龍驟臨，讓我們驚駭、感激、困惑、羞慚……像舉手遮眉抬頭望向天際，這些穿透二十世紀的文明劫滅或藝術心靈墮壞的灰色長空，如自在飛花，卻又如旋風如光燄爆炸的詩句，究竟從何而來？

他像是來自遙遠古代的墜落神祇——在某個意義上說，木心的那個世界，那個精緻的、熠熠為光的、愛智的、澹泊卻又為美為精神性叩問而騷亂的世界，在他展開他那淡泊、旖旎的文字卷軸時，早已崩毀覆滅，「世界早已精緻得只等毀滅」——他像一個孤證，像空谷跫音，像一個「原本該如是美麗的文明」之人質。有時悲哀沉思，有時誠懇發脾氣；有時嘿笑如惡童，有時演奏起那絕美故事，銷魂忘我；有時險峻刻誚，有時傷懷綿綿。

我們閱讀木心，他的散文、小說、詩、俳句、札記，如織如梭，難免被他那不可思議廣闊的心靈幅展而顫慄。我們為其全景自由的洞見而激動而豔羨，為其風骨儀態而拜倒而自愧。他是結結實實的懷疑主義者；他博學狡猾如狐狸，冷眼人世，似與老莊、希臘賢哲、魏晉文士、蒙田、尼采、龐德、波赫士……在一穿過人類文明曠野的馬車，蹦跳恣笑、噴煙吐霧；卻又古典柔慈在童年庭園中，以他超前二十世紀之新，將那裹脅著悠緩人情，戰爭離亂，文明劫毀之前的長夜，某些哲人如檻中困獸負手蹙室，卻一臉煥然的光景，像煙火燒燎成一個個花團錦簇的夢。

此次印刻出版社推出之「木心作品集」，是目前為止海峽兩岸木心文集最完整之版本，其中《詩經演》一部，應可一慰讀者渴慕之情。哲人已逝，這整套「木心作品集」的面世，對我們，或如漫遊一整座諸神棲止的嘸語森林，一部二十世紀心靈文明墮敗與掙跳，全景幻燈，摺藏隱喻於他翩翩詩句中的整齣《紅樓夢》。

目錄

序

至今我還執著兒時看戲的經驗，每到終場，那值臺的便衣男子，一手拎過原是道具的披彩高背椅，咚地擺定臺口正中，另一手甩出長型木牌，斜豎在椅上——

「明日請早。」

他這幾個動作，俐落得近乎瀟灑，他不要看戲，只等終場，好去洗澡喝酒賭博睏覺了——我仰望木牌，如夢而難醒，江南古鎮的舊家子弟，不作興夜夜上戲院，尤其是自己年紀這麼小。

再說那年代的故鄉，沒有經常營業的戲院，要候「班子」開碼頭開來了，才貼出紅綠油光紙的海報，一時全鎮騷然，先湧到埠口的幫岸上，看那幾條裝滿巨大箱籠的船，戲子呢，就是爬動在船首船艄的男男女女，穿著與常人無異，或者更見襤褸些，灰頭土臉沒有半點楊貴妃趙子龍的影子，奇怪的是戲子們在船上栗栗六六，都不向岸上看，無論岸上多少人，不看，逕自燒飯，餵奶，坐在舷邊洗腳，同夥間也少說笑，默默地吃飯了。岸上的人沒有誰敢與船上招呼，萬一走來個喊話的，大家就不看船上而看岸上的那個了。

混綠得泛白的小運河慢慢流，氽過瓜皮爛草野狗的屍體，水面飄來一股土腥氣，鎮梢的鐵匠鎚聲丁丁……寂寞古鎮人把看戲當作大事，日夜兩場，日場武戲多，名角排在夜場，私采行頭簇嶄新，票價當然高得多。

預先買好戲票，與匆匆吃過夜飯，各自穿戴打扮起來，勿要忘記帶電筒，女眷們臨走還解解手，照照鏡子，終於全家笑顏逐開地出門了，走的小街是石板路，年久失修，不時在腳底礫咯作響，橋是圓洞橋，也石砌的，上去還好，下來當心打滑，街燈已用電燈，昏黃的光下，各路看客營營然往戲院的方向匯集。

「看戲呀？」

「噯看戲！」

古鎮哪裡有戲院，是藉用佛門伽藍，偌大的破廟，「密印寺」，荒涼幽邃，長年狐鼠蝙蝠所據，忽然鑼鼓喧天燈火輝煌，叫賣各式小吃的攤子湊成色香味十足的夜市，就是不看戲，也都來此逗留一番。

戲呢，毋須談，以後或者談。散戲，眾人嗡嗡然推背接踵而出寺門，年紀輕的跨圮牆跳斷垣格外便捷，霎時滿街身影笑語像是還有什麼事情好做，像是一個方向走的，卻愈走愈岔漸漸寥落，寒風撲面，石板的磔咯聲在夜靜中顯得很響，電筒的光束忽前忽後，上橋了，豆腐作坊的高煙囪頂著一彎新月，下面河水黑得像深潭，沿岸民房接瓦連簷偶有二三明窗，等候看戲者的歸返——跟前的一切怎能與戲中的一切相比，本來也未必看出眼前的人沒意趣，見過戲中的人了，就嫌眼前的人實在太沒意趣，而「眼前的人」，尤其就是指自己，被「戲」拋棄，絕望於成為戲中人。

我執著的兒時看戲的經驗寧是散場後的憂悒，自從投身於都市之後，各類各國的戲應接不暇，劇終在悠揚的送客曲中緩步走到人潮洶洶的大街上，心中仍是那個始於童年的陰沉感喟——「還是活在戲中好」，即使是全然悲慘了的戲。

「分身」、「化身」似乎是我的一種欲望，與「自戀」成為相反的趨極。明知不宜作演員，我便以寫小說來滿足「分身欲」、

「化身欲」——某編輯先生於刊出〈兩個小人在打架〉後，再度約稿時聲稱：「我們知道您曾經擔任過中學國文教師……」某編輯女士覽及〈完美的女友〉之類，訪談中提起：「看到了為您縫製絲質襯衫的女雕刻家等等您從前的伴侶，可否請您談談您的諸多『情障』。」某青年讀者來信問：「從〈第一個美國朋友〉看，你幼年家境很好，教養是不錯的，後來怎會一事無成的呢？」〈芳芳NO.4〉引起女讀者的義憤，其中有位姑娘力主「芳芳是個好女孩」，所以「你怎麼就這樣看待她？」——我沒有在中學教過國文。也沒有作為石油工程師與女雕刻家舊情復敘。福音醫院是有的，美國孟醫生對於我是陌生人。我從一個男人身上取了「芳芳」的模特兒，那音樂家的原型卻是個女的；情況既然顛倒，也即是本來就沒有這回事——當時我並未按實回覆編者讀者，怕會被認為我諱避抵賴，認為我不夠朋友。

如果要夠朋友一下，便得拈動三個名詞，夢、生活、藝術，此三者被反覆烹調得十分油膩，只可分別抉取其根本性質——不自主、半自主、全自主——我偏愛以「第一人稱」營造小說（也通用於散文和詩），就在乎對待那些「我」，能全然由我作主。

「……袋子是假的，袋子裡的東西是真的。當袋子是真的時，袋子裡的東西是假的了。」（一則筆記）

再多解釋就難免要失禮。還是顧左右而續敘往事吧——古鎮春來，買賣蠶種籌開桑行的熱潮，年年引起盛大的集市，俗稱「軋蠶花」，廟會敬奉的主神名叫「蠶花娘娘」，不見得就是指嫘祖。那娘娘有個獨生的「蠶花太子」，是最喜歡看戲的，所以在一切的鬧忙中，扣人心弦者還是藉此機會大家有得戲看，曠地上搭起巍然木閣，張幔蒙篷，懸幡插旗，蠶花太子用小轎抬來擺在最好的位置上，咚咚嗄嗄，人山人海，全本《狸貓換太子》，日光射在戲臺邊，亮相起霸之際，鳳冠霞帔蟒袍繡甲，被春暖的太陽照得格外耀眼，臉膛也更如泥做粉捏般的紅白分明，管弦鑼鼓齊作努力，唱到要緊關頭，烏雲乍起，陣雨欲來，大風颳得臺上的緞片彩帶亂飄亂飄，那花旦捧著螺鈿圓盒瑟瑟價抖水袖，那老生執棍頓足，「天哪，天……哪……」一聲聲慷慨悲涼，整個田野的上空烏雲密佈，眾人就是不散，都要看到底，盒子裡的究竟是太子、是狸貓……

這種「草臺戲」即所謂「社戲」，浙江上八府往往開演在祠堂裡，如果現成的戲臺臨河，便團泊了許多烏篷船，啟篷仰觀，觀罷蕩櫓而去。下三府的敬神獻戲，貪圖看客多多，向木行借來長條毛板，面對戲臺架作馬蹄形的層座，外邊便是大片大片嫩綠的秧田，辣黃的油菜花發著濃香，紫雲英錦毯也似的一直鋪到河岸，然而日日見慣的平凡景緻，哪裡抵得過戲臺上的行頭和情節，燦爛曲折驚心動魄，即使太子總歸假的，即使狸貓總歸假的，而其中總歸有真的什麼在——我的童年，或多或少還可見殘剩下來的「民間社會」，之後半個世紀不到就進入了「現代」，商品極權和政令極權兩者必居其一的「現代」，在普遍受控制的單層面社會中，即使當演員，也總歸身不由己，是故還是寫寫小說（其實屬於敘事性散文），用「第一人稱」聊慰「分身」、「化身」的欲望，寬解對天然「本身」的厭惡。至此，童年看戲散場後小街礫咯作響的石板，橋塊豆腐工廠高煙囪上的新月，也被裝在前面所說的那種袋子裡而不再怨尤了。

美國喜劇

上午的喜劇

咖啡放在窗臺上吹涼。
樓下，人行道邊，兀立一女士。
戴帽，背影窈窕，腿纖長，側首時帽沿閃露下頷、尖，口唇、
薄。服式經過悉心調理：白衫白裙白襪，黑高跟鞋黑綢腰帶黑皮

包黑草帽，帽綴白結——我笑了一下，為了風格，宜塗黑的唇膏。

喜鵲。

至少是屬於清秀的一類。站著等誰？

站的姿態看若靜止，其實時時變換重心。眺望……難說是焦灼，是安詳。

咖啡可以喝了。

喝完，又到窗前。

陽光直射著她，八月的上午，是誰這樣不守時，她的耐性真不壞，為何不一怒而離去。

年齡，是年齡使她自卑而遷就了。

我習慣於從人背影推測其歲數，那麼她是三十以上，不會是四十的。保養得很好，頗善修飾，鞋頭有金瓣，皮包亦金扣，帽結中芯簪以金花，三種金質的成色相同，當然，取白金則更形超然。她所盼待的來者，恐怕也不致是非常之富有，除非是個騙子。

三十多歲，是受騙的年齡，自以為不像少女那樣容易上當了，又心虛得認為別人已是不要她上當了。

她不在家等，到街上來，自有其隱私……

我等什麼。回內房開燈工作。

近幾天，氣溫又升高，上午陽光火辣，放窗簾——那女士又站在老地方，統體黃調子，嫩杏色的小帽，歪歪地很俏皮，還加髮網，攏過前額，算半襲面紗，好手法。

這次從她的轉側間知道了她的臉，長型。

對了，臉長的人尤其愛修飾打扮，即使是男士，也是這樣的。

她不漂亮，沒有值得品味的特徵，她可以自慰的是身材。能穿著得使人感到除了臉龐她可稱是美女。

所以特別要用心於全身款式，今天的黃調子，不錯，可惜頭髮的褐色太深，她也不笨，就此籠一層紗網，以全其飄逸——她對別人諒來也善熨恤，上了歲數的女人常以此取勝，以此彌補天然的青春魅力的淺涸。

那麼誰是她的情夫，每次勞她久久枯等，太無禮了。她也太癡心，炎陽下，穿得端端正正，引頸頻眺，居然還風姿綽約。

這兩個人都使我生氣——放下窗簾。

早餐不用咖啡，改為牛奶麥片。

她又亭亭玉立在那下面了。

一身藍。

今年夏季乾旱，八月杪的陽光，整套深藍，吸熱，她受得了？雕像似的。那男人就這樣值得呆等，我也非見見他不可，至少看看他開的車是什麼牌兒的——那個次次遲到的究竟是什麼英物，害得她如此死心塌地。

我之所以從來不事釣魚就因毫無耐性。兩次了，誰知她後來是怎樣離開我窗下的。

喝了半杯麥片，忽然自問：她還在？

急趨窗口——沒了，載走了，幸福了。

她站過的那一小塊地面特別寂寞。

忙了半個月。工作不能由旁人頂替，最好有人代我吃喝，代我睡，代我上洗手間，抽菸不必代，自己來。

美國的九月也像中國的九月那樣一雨成秋。我算忙過了這陣子，涼意中沉沉睡足八小時，啟簾，陽光大射，目為之眩，久別重逢似的俯見那時裝女人又好端端站在老位置上，淡灰秋裝，佇立的姿態自有其範式，一望而知是她。

今天我有閒暇，非等到她的情夫出現不可。她的精心修飾著意打扮值不值得。

燃一根紙菸，對自己默許：這樁懸案今天解決。

其實此女士的性格非常老派，即使是她事事都敬業，有提前赴約的小布爾喬亞作風，也畢竟是傻的。如此盛裝嚴裝巧裝奇裝，眼巴巴地鵠立恭候，豈非反而一點吸引力也沒有了。

來者難道是個矯健昳麗的少年——她在年齡上大大屈服了！

她蠕動，她舉手，招揮，多稚氣……

她朝著來者的方向奔過去……

長而且大的巴士駛近，這一段人行道全是車身的投影，她奔過去的地方是巴士站——上車。

上午九時以後，郊區巴士的班次減少，又不準時，每次難免要久等。

下午的喜劇

二次大戰後的羅斯福夫人補充了關於自由的解釋，她何嘗明白自由是解釋不全的。

在我十六歲時，聰明漂亮的三表哥是廿五歲，我認為他老了，有點瞧不起他。他說：

「削蘋果，多削一層蘋果就小一層。什麼東西愈削愈大，削一層大一層？」

我敗下陣來，只好求他講：

「牆洞，在泥牆上挖一小洞，用刀轉削，削一層，大一層。」

現在我想，「自由」，就是這樣吧。如果再提一項「免於納稅的恐懼的自由」，羅斯福夫人會發愣，再提一項「免於購物付款的恐懼的自由」，可尊敬的夫人要拿起電話喊人了。所以我很平靜地照章納稅，按價付款。只有兩次，我——

我在郊外的高速公路上忘情地飛馳，那指針也倒得看不見了，突然一輛雪白的警車橫在不遠的前方，我自以為機敏地即行減速……很簡單，他們有雷達波記錄，彼此下車，談也不用談地談了幾句，三天後，我自首去了。

不在法庭的被告席上站著，是在方形的奧非司之一角，坐下，審問我的，幾乎是個老人。

「先生，你開的車是大大超速了。」

「是的。我不知道美國郊區的高速公路有這種限制。」

「不知道？」

「是的。我在德國郊外開車是不受速度限制的。」

「德國是這樣嗎？」

「是的，一直是這樣的。」

「前幾天你可是在美國開車啊。」

「是的，我已經說了，我不知道。」

「超速是事實，不因你不知道美國的規定而變得不是事實了。你得罰款三十五美元，不是馬克。」

我不想再為自己辯護，德國郊區行車是想像出來的，美國小吏的想像力追不上我，趕快付了三十五美元。

夜晚在酒吧和朋友談起，大家祝賀我好運道，哪有這便宜的罰款。於是這頓晚宴全部歸我付帳，包括小費，總之我是大大地便宜了一場。

另一次我似乎吃了虧。

大雪天，午後，快傍晚了，從地下車站的廁所中踅出，我點了根紙菸，兩個警察太空來客似的活現在左右側，要我出示證件——警察舉起簿子，瑟瑟填就一單，扯下給我，才明白犯了違章吸菸罪。心想，與這兩條漢子不必嚕囌，他們也正缺乏政績，我成全了他們吧，希望還是在警局的某小吏身上，當然我不會說德國地下車站是流行吸菸的。

過了不知幾天，傳票到，這次是在帝國大廈附近的一幢灰白高樓的第七層受審了。

糟的是他們行將下班，喜的是同意我延期，我逍遙法外了一個月。

是日午後我從速趕去，還是糟，戔戔小事，也要與待決的眾生呆坐在長椅上謹候傳呼。

有菸灰缸呢，我便光明磊落地抽菸。

瀏覽周圍，平凡得很。男的居多，全是中年人，沒有一個老的，那是老人已沒有犯罪的活力了。沒有一個年輕的，那是年輕人犯的罪要堂皇得多，不會落到這裡來——我忽然慚愧，這種違章吸菸罪，多不景氣。

從內部各個門裡出來提審罪犯的法官也毫無氣派，人員倒不少，緩步走到欄邊，低頭端詳手中的紙本，輕輕叫出一則姓名，立即有人站起，上前推欄隨之進去了。

使我惶惑的是叫聲之輕輕，而那個罪人怎會聽出叫的正是他，接連十次，都這樣。

我認為輪到我時，一定聽不清，而且似乎永遠也輪不到了。

我突然站起，沒錯，是我了——那褐色套服黑框眼鏡的半老頭一出小門，我就感到他是來傳我的，他的喚聲極輕極輕，我聽來竟十分清晰肯定，難怪別人都一無失誤。

「請你說一下你的姓名。」法官沉濁的喉音，隔著一張棕色的寫字檯。

他的左唇上的雪茄已經很短，快要散裂，是涎水濕的……我報了姓名……他把雪茄捉下來揿在菸缸中，低頭打了個噴嚏，趕緊說了句上流社會慣用的歉詞，又噴嚏，再致歉詞。

如果再連續幾個噴嚏，歉意累積，我有望免於罰款了。

他捉起那小半支行將散裂的雪茄，湊唇，吐吐菸屑，決定把它揿死在菸缸裡。

「先生，你曾在車站上吸菸嗎？」
「我準備吸菸，警察先生就上來了。」
「那上面沒有這樣寫。你是正在吸菸中被發現的。」
「他沒有寫詳細。」
「按照你的說法，他也不必詳細寫了。」
「我說的是事實，我自己明白，我不怪別人不明白。」
「罰款二十五元。」
「請問，是否可以付低於此數的罰款，如果沒有可能免於罰款的話。」
「先生，這是最低的罰款了。在我手上，這個數字的罰款，今年差不多是第一次。」
「你是否覺得很高興？」
他可愛的聳聳肩，低頭填寫罰款單了。

「文明」是「愚蠢的複雜化」，美國的電腦的神經末梢中已有了我的兩次犯罪紀錄，第三次會是什麼，我的興趣轉入第三次了。

他正扯單子，縮手，捂住了半個臉，噴嚏，照例即扣一句文雅的歉詞，這種舊式習慣使我有置身前半世紀上流社會的感覺。然而全世界的司法機關都一樣，牆面，案頭，是沒有裝飾品的，便立刻形成嚴肅得冷酷的特殊氣氛——這並不是等於說我是經常出入世界各國司法部門的。

請看，羅斯福夫人，我並不希望有免於罰款的恐懼的自由。聰明的漂亮的表哥，你也請看，我落在你給我猜的洞裡了。除了現實世界，還有一個世界可以無限地享用自由，那是羅斯福夫人和我表哥未必熟悉的。

在「觀念世界」中，我還該加速，而且噴煙，以引起人們的注意。
是嗎，尊敬的夫人。
表哥，你說呢。

一車十八人

我們研究所備有二輛車，吉普、中型巴士。司機卻只有李山一個。

李山已經開了三年車，前兩年是個嘻哩哈啦的小伙子，這一年來沒有聲音了，常見他鑽在車子裡瞌睡，同事間無人理會他的變化，我向他學過開車，不由得從旁略為打聽，知是婚後家庭不和睦——這是老戲，戀愛而成夫妻，實際生活使人的本性暴露無遺，兩塊毛石頭摩擦到稜角全消，然後平平庸庸過日子，白頭偕老者無非是這齣戲。我拍拍李山的肩：「愁什麼，會好起來的，時間，忍耐一段時間，就好了。」他朝我看了一眼，眼光很曖昧，似乎是感激我的同情，似乎是認為我的話文不對題。

我漸漸發現《紅樓夢》之所以偉大，除了已為人評說的多重價值之外，還有一層妙諦，那就是，凡有一二百人日常相處的團體，裡面就有紅樓夢式的結構。我們這個小研究所，成員一百有餘兩百不足，表面上平安昌盛，骨子裡分崩離析，不是冤家不聚頭，人人眼中有一大把釘，這種看不清摸不到邊際、惶惶不可終日的狀況，一直生化不已。於是個個都是角色，天天在演戲，損人利己，不利己亦損人，因為利己的快樂不是時時可得，那麼損人的快樂是時時可以得來全不費工夫的。

有時我歎苦，愛我的人勸道：「那就換個地方吧。」我問：「你那邊怎麼樣？」「差不多，還不如你研究所人少些。」我笑道：「你調到我這邊來，我調到你那邊去。」——我已五次更換職業，經歷了五場紅樓夢，這第六場應該安命。

夏季某日上午，要去參加什麼討論會，十七個男人坐在中型巴士裡等司機來，滿車廂的喧譁，不時有人上下、吃喝、便溺……半小時過去，各人的私事私話似乎完了，一致轉向當務之急——李山呢，昨天就知道今天送我們去開會的，即使他立刻出現，我們也要遲到了。

李山就是不來。

我會開車，但沒有駕駛執照，何況這是一段山路，何況我已五次經歷紅樓夢，才不願自告奮勇充焦大呢。

李山還是不來。

三三兩兩下車，找所長，病假。副所長，出差。回辦公室沖茶抽菸，只當沒有討論會這回事。

李山來了——大伙兒棄菸丟茶，紛然登車，七嘴八舌罵得車廂要炸了似的。

「十七個等你一個，又不是所長，車夫神氣什麼，也學會了作威作福。」

「瞧他走來時慢吞吞的那副德性，倒像是我們活該，李山，你知不知道你是吃什麼的！」

「我們給車錢，加小費，李山你說一聲，每人多少——你罷工，怎麼不堅持下去，今天不要上班嘛，堅持兩星期就有名堂了。」

「記錯了，當是新婚之夜了，早晨怎捨得下床，好容易才擘開來的。」

「半夜裡老婆生了個娃娃，難產，李山，你是等孩子出了娘胎才趕來的吧？」

「我看是老婆跟人跑了，快，開車，兩百碼，大伙兒幫你活活逮住這婆娘，逮雙的。」

李山一聲不響。自從我向他學開車以來，習慣坐在他旁邊的位子上。那些油嘴滑舌的傢伙盡說個沒完，我喊道：

「各人有各人的事，難得遲到一回，嚷嚷什麼，好意思？」

「難得，真是難得的人才哪，誰叫我們自己不會開車，會開的又不幫李山的忙，倒來做好人了。」

竟然把我罵了進去。這些人拿此題目來解車途的寂寞，也因為平時都曾有求於李山，搬家、運貨、婚事喪事、假日遊覽……私底下都請李山悄悄地動用車輛，一年前這個嘻哩哈啦的小伙子肯冒風險，出奇兵，為民造福。近年來他概不理睬，大家忘了前恩記了新怨，今日裡趁機挖苦一番，反正今後李山也不會再有利可用，李山是個廢物，只剩拋擲取樂的價值。

「話說回來，不光臉蛋漂亮，身材也夠味兒，李山眼力不錯，福份不小，該叫你老婆等在半路，我這麼攔腰一把，不就抱上車來了麼，夏天衣裳少，欣賞欣賞，蜜月旅行。」

「結婚一年了，老夫老妻，蜜什麼月。」

「我是說我哪，他老婆跟我蜜月旅行，老公開車，份內之事。」

哄車大笑。

「女人呀，女人就是車，男人就是司機，我看李山只會駕駛鐵皮的車，駕駛不了肉皮的車。」

「早就給敲了玻璃開了車門了。」

哄車大笑。

十六個男子漢像在討論會中輪流發言，人人都要賣弄一番肚才口才。我側視李山，他臉色平靜，涵量氣度真是夠的。

「閉上你們的嘴好不好，不准與司機談話，說說你們自家的吧，都是聖母娘娘，貞節牌坊。李家有事沒事，管你們什麼事？」

一個急煞車，李山轉臉瞪著我厲聲說：

「我家有事沒事管你什麼事？」

我一呆：

「我幾時管了？」

「由他們去說，不用你嚕嘛。」

他下車，疾步竄過車頭，猛開我一側的車門，將我拉了出來。

「你倒怪我了？」我氣忿懊惱之極！

李山一躍進座，碰上門，我扳住窗沿，只見他鬆煞車，踩油門突然俯身揮拳打掉我緊攀窗沿的手，又當胸狠推了一把——我仰面倒地，車子一偏，加速開走了。

「李山，李山……」我倉皇大叫。

巴士如脫弦之箭——眼睜睜看它衝出馬路，凌空作拋物線墜下深谷，一陣巨響，鳥雀紛飛……

我嚇昏了，我也明白了。

心裡一片空，只覺得路面的陽光亮得刺眼。

好久好久，才聽到鳥雀吱唧，風吹樹葉。

踉蹌走到懸崖之邊，叢藪密密的深谷，沒有車影人影，什麼也沒有。

……

不能說那十六個男人咎由自取。我要了解那天李山遲來上班的原因——能聽到的是他妻子做了對不起李山的事，不是一樁一件，而是許許多多，誰也說不明說不盡，只有李山自己清楚。

夏明珠

在我父親的壯年時代，已婚的富家男主，若有一個外室，輿論上認為是「本分」的。何況世傳的邸宅坐落於偏僻的古鎮，父親經營的實業，卻遠在繁華的十里洋場；母親、姊姊、我，守著故園，父親一人在大都市中與工商同行周旋競爭，也確是需要有個生活上社交上的得力內助，是故母親早知夏明珠女士與父親同居多年，卻從不過問，只是不許父親在她面前作為一件韻事談。

寒假，古鎮的雪，廟會的戲文，在母親的身邊過年多快樂。暑假，我和姊姊乘輪船，搭火車，來到十里洋場，父親把我們安頓在他作為董事長的豪華大旅館中。姊姊非常機靈，而且勇敢，摸熟了旅館附近的環境後，帶著我，不斷地擴大遊樂的範圍。旅館中上自經理下至僕歐，悉心照料衛護姊弟二人，任何東西開口即得，就怕我們不開口。父親似乎知道不會失事出事，他也沒有餘暇來管束我們，倒是夏女士，時常開車來接我們去她的別墅共餐，問這問那，說到融洽處，要我們叫她「二媽」，我和姊姊笑而不語了——母親並沒有叮囑什麼，是我們自己不願如此稱呼。她的西方型的美貌、瀟灑的舉止、和藹周緻的款待，都使人心折，但我們只有一個母親，沒有第二個。而且她一點也不像個母親，像朵花，我和姊姊背地裡叫她「交際花」，吐吐舌頭，似乎這是不應該說出聲來的。姊姊告訴我夏女士是「兩江體專」高材生，「高材生」我懂，就是前三名，總平均九十分以上的。「兩江體專」是什麼？只在故事裡聽見過「兩江總督」。姊姊說，浙江江蘇兩省聯名合辦的體育專科學校，夏女士是游泳明星、網球健將。我聽了，不禁升起了敬意，可是這敬意又被夏女士的另一稱號所沖淡：姊姊說旅館斜對面不是有一家很大很大的理髮廳嗎，夏女士，她就是「白玫瑰理髮廳」的老闆娘，「老闆娘」，我討厭。所以每見夏女士，便暗中癡癡忖度，她一舉一動，一顰一笑，哪些是「老闆娘」，哪些是「運動健將」，愈辨愈糊塗，受夠了迷惘的苦楚。姊姊說，管她呢，反正我吃她給我的五香鴨肫肝，穿她給我的喬奇紗裙子，還不是爸爸的錢。我也吃鴨肫肝，我穿背帶褲，白麂皮高統靴，還不是爸爸的錢。（那是夏女士陪我們去挑選的，定製的，如果我們自己去，店家哪會這樣殷勤，兩次三次試樣，送到旅館裡來。）奇怪的是，一進店，她就說：「你喜歡這種皮靴，是嗎？」我高興地反問：「您怎會知道？」「很神氣，像個小軍官。」我非常佩服了，她與我想的一樣。姊姊的心意也被猜中，她是小小舞蹈家，薄紗的舞衣，一件一件又一件，簡直是變魔術，使我自怨不是女孩子，因此我走起路來把靴跟敲得特別響，我不能軟軟的舞，在路上，那是我神氣得多了。

假期盡頭，父親給我們一大批文具、玩具、糖果、餅乾，還有一箱給媽媽的禮物，說：

「對不起，我一直沒有陪你們玩，怎麼樣，過得好不好？」

「還不錯。」我答。

「什麼叫還不錯？」

「還可以。」我解釋。

「不肯說個好字麼？」

「還好。」我說。

姊姊接口道：

「很好，我和弟弟一直很快樂。」

爸爸吸雪茄，坐下：

「回去媽媽問起來，你們才該說『還好』，懂嗎？」

「我們知道的。」姊姊回答了，我就點點頭。

爸爸把我拉到他胸口，親親我，低聲：

「你生我的氣，所以我喜歡你。」

歸途的火車輪船中，我們商量了：媽媽一定會問的，哪些該講，哪些就不講，賽馬、跑狗、溜冰、卓別林、海京伯——講；別墅裡的水晶吊燈、銀檯面、夏女士唱歌、彈琴、金剛鑽項鍊——不講；波斯地毯、英國笨鐘、撒尿的大理石小孩，也不講，理髮廳？媽媽來時也住這旅館，也會到那裡理髮廳去，可是媽媽不會問「你們老闆娘是誰」，我同意姊姊的判斷。兩個孩子雖然不懂道德、權謀，卻憑著本能：既要做母親的忠臣，又不做父親的叛徒。

到家後，晚上母親開箱，我和姊姊都驚歎怎麼一只箱子可以裝那麼多的東西，看媽媽試穿衣服最開心。我心裡忽一閃，是夏女士買的；還有整套的化妝品，像是外科醫生用的。另外，一瓶雀斑霜，我問：「媽媽你臉上沒有雀斑呀？」

母親伸給我一隻手：

「喏，也奇怪，怎麼手背上有雀斑了，最近我才發現的呵。」

孩子的概念是：暑假年年有，爸爸年年歡迎我們去，媽媽年年等著我們回，一切像客堂裡的橢圓紅木桌，天長地久，就這樣下去下去。哪知青天霹靂，父親突然病故，是在太平洋戰爭爆發的前一年。從此家道中落，後來在顛沛流離的戰亂中，母親常自言自語：

「也好，先走了一步，免受這種逃難的苦。」

父親新喪不久，夏女士回到這古老的鎮上來了——她原是本地人，父母早亡，有三個兄弟，都一無產業二無職業，卻衣履光鮮，風度翩翩。鎮上人都認為是個謎，謎底必然是罪惡的。夏明珠綽號「夜明珠」，這次回鄉，自然成了新聞，說是夜明珠被敲碎了，亮不起來哉。

我父親亡故後，她厄運陡起，得罪洋場的一個天字號女大亨，霎時四面楚歌，憋不過，敗陣回歸。從傢具、鋼琴也運來這點看，她準備長住——像她那樣風月場中金枝玉葉的人，古鎮與她不配。她也早為古鎮的正經人所詬誶謠諑，認為她有辱名城。所以，據說夏明珠確是深居簡出，形如掩臉的人。當時消息傳入我家，母親輕輕說了句：

「活該。」

母親不以為夏明珠會看破紅塵，而是咎由自取，落得個慘澹的下場，抬不起頭來。

夏女士幾次托人來向我母親懇求，希望歸順到我家，並說她為我父親生下一女，至少這孩子姓我們的姓。母親賙濟了錢物，那兩個請願，始終是凜然回絕的。有一次受夏女士之托的說客言語失當，激怒了母親，以致說出酷烈的話：

「她要上我家的門，前腳進來打斷她的前腳，後腳進來打斷她的後腳。」

我在旁聽了也感到寒慄，此話不僅詞意決絕，而且把夏女士指為非人之物了。

說客狼狽而去，母親對姊姊和我解釋：

「我看出你們心裡在可憐她，怪我說得粗鄙了。你們年紀小，想不到如果她帶了孩子過門來，她本人，或許是老了，能守婦道像個人，女孩呢，做你們妹妹也是好的。可是夏家的三兄弟是什麼腳色，三個流氓出入我家，以舅爺自居，我活著也難對付，我死了你姊弟二人將落到什麼地步。今天的說客，還不是三兄弟派來的，我可只能罵她哪。」

我的自私，自衛本能，加上我所知的那三兄弟奇譎的惡名，聽了母親這段話，彷彿看到了三隻餓鷹撲向兩隻小雞，母雞毛羽張豎，奮起搏鬥——我不怪詩禮傳家的母親的忽然惡語向人了。

太平洋戰爭爆發後，轉輾避難，居無定所。苦苦想念故園，母親決定帶我們潛回老家，住幾天，再作道理，心意是倘若住得下來，就寧願多花點代價擔點風險，實在不願再在外受流離之苦了。

當時古鎮淪於日本法西斯軍人之手，局面由所謂「維持會」支撐著。我們夤夜進門，躲在樓上，不為外人所知，只有極少幾個至親好友，祕密約定，上樓來一敘鄉情。入夜重門緊鎖，我和姊姊才敢放聲言笑，作整個邸宅的舊地重遊，比十里洋場還好玩，甚而大著膽子闖進後花園，亭臺樓閣，假山池塘，有明月之光，對於我們來說，與白晝無異。實在太快樂，應該請母親來分享。

暢遊歸樓，汗涔涔氣喘喘，向母親描述久別後的花園是如何如何的好，媽媽面露笑容，說：

「倒像是偷逛了御花園了，明夜我也去，帶點酒菜，賞月。」

洗沐完畢，看見桌上擺著《全唐詩》，母親教我們吟誦杜甫的五言七言，為了使母親不孤獨，我們皺起眉頭，裝出很受感動的樣子。母親看了我們幾眼，把詩集收起，捧來點心盒子——又吃到故鄉特產琴酥、姑嫂餅了，那是比杜甫的詩容易體味的。

這一時期，管家陸先生心事重重，早起晏睡，門鈴響，他便帶著四名男僕，親自前去問答。如果他要外出辦事，了解社會動態，他總是準時回返，萬一必須延遲，則派人趕回說明，怕母親急壞了。

自從夏末潛歸，總算偷享了故園秋色，不覺天寒歲闌，連日大雪紛飛。姊姊病了，我一人更索然無緒，槍聲炮聲不斷，往時過新年的景象一點也沒有，呆坐在姊姊的床邊，聽她急促的呼吸，我也生病躺倒算了。

一日午後，陸先生躡上樓梯，向我招招手，我悄然逸出房門，隨他下樓——夏明珠死了！怎麼會呢？陸先生目光避開，側著頭：

「我要向你母親說。」

「不行，你詳細告訴我，我知道該怎麼說。」

「應該我來說，而且還有事要商量。你上去，等你母親午睡起身，盥洗飲茶過後，你到窗口來，我等在天井的花壇旁邊。」

我上樓，母親已在盥洗室，等她一出，我便說陸先生有事要商談，母親以為仍舊是辦年貨送禮品的事，喃喃：「總得像個過年。」

我開窗走上陽臺，向兀立在雪中的陸先生揮手。陸先生滿肩雪花地快步上樓，一反往常的寒暄多禮，開口便說：

「昨天就知道夏明珠女士被日本憲兵隊抓去，起因是琴聲，說是法國馬賽曲，憲兵隊長一看到她，就懷疑是間諜，那翻譯纏夾不清，日本人故意用英語審問，她上當了，憑她一口流利的英語為自己辯護，加上她的相貌。服裝異乎尋常的歐化，日本人認定她是潛伏的英美間諜，嚴刑逼供。夜裡，更糟了，要汙辱她，夏女士打了日本人一巴掌，那畜生拔刀砍掉了她的手，夏女士自知無望，大罵日本侵略中國，又是一刀，整隻臂膊劈下來……我找過三兄弟，都逃之夭夭……她的屍體，拋在雪地裡——我去看過了，現在是下午，等天黑，我想……」

我也去……陸先生想去收屍，要我母親作主，我心裡倏然決定，如果母親反對，我就跪下，如果無效，我就威脅她。

我直視母親的眼睛，她不迴避我的目光，清楚看到她眼裡淚水湧出——不必跪了，我錯了，怎會有企圖威脅她的一念。

母親鎮靜地取了手帕拭去淚水，吩咐道：

「請陸先生買棺成殮，能全屍最好，但事情要辦得快。你去定好棺材，天一黑，多帶幾個人，先探一探，不可莽撞，不能再出事了。」

我相信陸先生會料理妥善，他也急於奉命下樓，母親說：

「等著。」她折入房內，我以為是取錢，其實知道財務是由陸先生全權經理的。

母親捧來一件灰色的長大衣，一頂烏絨帽：

「用這個把她裹起來，頭髮塞進帽裡，墊衾和蓋衾去店家買，其他的，你見得多，照規矩辦就是。還有，不要停柩，隨即葬了，葬在我家祖墳地上，不要平埋，要墳墩，將來補個墓碑。」

當時姊姊病重，母親不許我告訴她，說：

「等你們能夠外出時，一同去上墳。」

夏女士殮葬既畢，母親要陸先生尋找那個希望作為我妹妹的女孩。

數日之後，回覆是：已被賣掉，下落不明。

兩個小人在打架

中學語文教師的一大苦楚是批改本子，各班長宦官進貢似的把一疊疊作文簿巍然壘在我辦公桌上——兵臨城下，挑燈夜戰，此圍甫解，另一批又堆個水洩不通。數十年來，鬢為之霜，眼為之霧。我想，退休固然是件不查辦的撤職，到底也不必再日坐圍城，愁眉難展了。

此一大苦楚不僅由於本子的數量多，而也因學生們寫的文章千篇一律，讀來昏昏欲睡，評語不能變化措辭，評分也給不出一個

「五」，給「二」又不忍，於是都是「三」。難得給個「四」，那是看在字跡端正的份上了。

千篇怎會一律呢？也不知何年何月肇始，凡作文，敘事說理，都有兩種思想在那裡起伏搏鬥，一是消極的，為私的，另一積極的，為公的，宛如太極圖，黑白分明地周旋——例如，傍晚放學回家，路上拾到了錢包（那包中的錢，往往多得可觀或驚人），如果動用了這筆現鈔，母親的病可以得到治療，外婆家的漏屋可以迅速修好，弟弟可以添件新的棉大衣，「我」的球鞋早該換了……當此際，一個接一個的英雄烈士模範，恍若天神下凡，光燦燦地繞著「我」打轉，使「我」懂得了許許多多剛才似乎是全然不知的道理，那「我」自言自語：這錢包關係著失主全家的幸福，關係著某個工廠某個礦山的建設，關係著國家的興旺，全世界人民……於是「我」決然歷盡艱辛，物歸原主，那惶急得正要自殺的失主緊緊攥住「我」的手，眼淚直流，連聲問「我」姓甚名什麼，「我」無論如何不說，只留下一句：「這是我應該做的。」然後拔腳就跑，也顧不得那雙舊鞋子快穿了底。

我提筆凝神，心想，但願如此，又想，既然如此，又何必寫入文章，那作文簿的封面上不是端端正正具著姓名麼。而且個個學生都拾到過錢包，我自忖一向總是低著頭走路，就從來沒有瞥見過錢包之類的東西。當然我也能做到物歸原主，而認為可以彼此通名報姓，做個朋友，有機會經常提醒提醒，這樣事關緊要的東西，千萬小心謹慎才是。

語文教研組共八人，平日各自悶頭批閱，誰也不吭聲。那年暑假後，新學期伊始，來了一位趙老師，劍眉星眼，身手矯健，好一個天生我材必有用的體育教師。不料，教務主任帶他來到我們的教研組說：「趙世隆老師是師範中文系剛畢業，相信一定會給我校的語文教學帶來蓬勃的生氣，猶如當年的趙子龍！」說得我們開懷大笑。作為語文教研組組長，我致了歡迎詞。趙老師謙遜了幾句，言下頗有自信心，使原來由五個老婦三個老頭組成的教研組霎時充滿了光和熱——世上常有此類由言詞和表情而引起的一剎那的光和熱，過後又仍是常規的陰冷，暮靄沉沉。

一星期，兩星期下來，趙老師在教研會上發言：

「怎麼搞的，學生作文，都是腦子裡兩個小人在打架，也談不上兩種人生觀兩種世界觀的矛盾，不過是白臉紅臉好人壞人糾纏不清。是誰教出來的。積重難返嗎，我倒是不相信，我非趕走這兩個小人不可，這樣沒頭沒腦地打下去，還算什麼作文，簡直胡謅，簡直誤人子弟！」

大家欲辯還休，明知挨了罵，也都還忍得住，否則，學生們是兩個小人在腦子裡打架，我們教師則將在腦子外面大打出手了。

趙老師果然不凡，連續一週不講課文，專斥「兩個小人在打架」的不良文風，並選出幾篇打得特別厲害的，加以示眾，讀一句，挖苦一陣，學生們樂了，那被挖苦的學生也樂。他們都喜歡新鮮事物。全校沸沸揚揚，公認「兩個小人在打架」這一提法提得好，誰又願意寫這種騙人的東西。可是我們這五個老婦三個老頭怎樣來繼續指導作文呢，我背著趙老師，非正式地召開了一個會，決議是：出些「我的家庭」、「秋郊一日遊」之類的不容易引起小人打架的作文題。

等到作文簿子上桌來，我呆住了，「兩個小人」在家庭裡打架，爸爸媽媽都參戰，爺爺和外婆也壁壘分明。出遊秋郊，則從隔夜買麵包起一直打到是日天黑回家，這「兩個小人」也真累壞了。

我不批改，統統發下去，重寫——學生愁眉苦臉。央求道：「怎樣寫呢？不這樣，我就寫不來！」

趙老師在會議上不是發言而是發火了！我說：「人的思維活動，或說思想方法，倒是對話式的，問答性的，學生們是受了一種道德上的愚弄，只會說假話，不會說真話，所以不是個文風、寫作法的問題。」趙老師不以為然，他認為可以直接在課堂中教會教好學生寫文章，否則要我們這些教師幹什麼。女老師中有人認同我的觀點：「其實，誰不是『兩個小人在打架』呢。我怪學生的倒是假打架，不是真打架。」

趙老師立起來，大聲說：

「優柔寡斷，老朽昏庸，自然是遇事不決，舉棋不定——所以說，成不了氣候，辦不成大事。」說畢推開椅子走了。

我也就此宣布散會，怕再談下去於趙老師的尊嚴不利，而且趙世隆為人豪爽真誠，確是說一不二，肝膽照人，我倒是覺得他這顆古俠士的心，落在無數小人假打架的作文本子的圍城中，是英雄無用武之地呵。

事態並沒有僵化，沒有軒然大波。語文課照常上，作文本按時繳，及時批，兩個小人照打不誤。

趙世隆明顯地趨於沉默寡言。學生間也不再聽到趙老師長趙老師短的擁護愛戴之聲。我為這一顆新星的迅速黯澹而不免感慨系之，初來時的英銳之氣，原是可愛的，他反對兩個小人打架，原也應該，就只把我們的受委屈，委曲求全，一律看作優柔寡斷老朽昏庸，我有點傷心。那女老師說得中肯，難道我們就看不清學生們在做什麼，「哀莫大於心死」倒還不至於，哀莫大於心假卻已成了客觀存在了。趙世隆年齡、學識比學生們總要大些、多些。他就看不到這幾個分明擺在那裡的層面麼。

趙老師走近來了，我感應到他要與我談談，他鄭重其事地要我一同去找個幽靜的所在，我同意，二人沉默著走上頂屋的露天平臺。

他說：

「不是找教研組組長談，您是我的父輩，有些私事想告訴您，目的是聽聽您的分析判斷，自己已經當局者迷了，我認為您是唯一能聽了我的私事不會對別人透露的忠厚長者。」

我說：

「承蒙你信得過，那就講吧。」

靜默了一會，他低聲地開始：

「我結婚以後，媽死了。爸爸和我女人一開始就談不來，愈鬧愈兇，說到了媽是我女人氣死的，她吵著要歸娘家，再有什麼三長兩短，她擔不起罪名。爸爸決意回鄉下老窩，這也算太平了，每月寄生活費給他便是。哪知最近來信說：他要結婚，對方是個寡婦，沒有後代。爸爸一是認為這樣的機會難得。二是他愈來愈老，沒人照顧。意思是非結婚不可，這本來是他的事，然而難在要我增加他的生活費，幾乎是加一倍，我女人又哭又罵，實際上我這裡夫妻小孩三個人自身難保，每月寄給爸爸的已是肉裡錢，可是爸爸回信口氣十分強硬，說：不結婚，就離開鄉下，重來與我們同住，我們有責任照顧他到老死——想想嘛，他有個老伴也是正經事，再想想如果那老太婆生病或是什麼的，豈不是反而要他去照顧她了，那就還不如讓爸爸來與我們同住較為節約、妥當。但是，他當時回鄉的原因，這原因還存在，我女人決不會改變態度。況且，爸爸說的也不是真心話，是逼我們增加生活費——這樣，豈不是除此之外，沒有辦法安定他了，可是我哪裡來額外的錢，而且每個月都要寄的。左思右想，簡直沒有利弊可以比較，實在束手無策，正在這時候，真沒有料到，我真不想說……但事到臨頭，唉，您說怎麼辦……怎麼辦……」

「看來你還是得和你家裡人商量，想法增加點收入，補貼給鄉下的老人。」

「商量什麼，她是……我早該明白，現在回想起來，蛛絲馬跡明顯得很，我瞎了眼！」

「她確有對不起你母親的行為？」

「對不起我……打發孩子跟鄰家去看電影，她沒料到從來不生病的我，偏偏昨天下午病假。」

我已明白，揮了揮手，免得他說那種說不出口來的話，然後由我接下去：

「果真如此，生氣是無用的，還是商量對策、決策。」

他搖搖頭。

「何致於此呢？」我反問。

「為她，我全不考慮。為我自己，不得不考慮，考慮來考慮去，毫無辦法。」他低了頭。

「你也有什麼把柄落在她手裡？」

「君子坦蕩蕩，我一生沒有做過見不得人的事，可是，結婚到現在，我不了解她，她倒真正了解我了，她說：我一不抵賴，二不求原諒，孩子跟你跟我，隨便，說離婚就離婚，不離婚，打架，有人幫我打；罵我，你就大聲點，讓左鄰右舍聽明白，趙家出了大喜事。我這關了門窗跟你悄悄說，為的是照顧你的面子——她真了解我，知道我最要面子，如果我不是教師，好辦些。我是教師，一個被敗德的女人拋棄的男子漢，還有臉上講臺，我的臉比黑板還要黑……離婚，等於真相大白。不離婚，她還會叫那男人來。分居，我走，走到哪裡去。她走，她不走啊。弄死她，她倒已經想周全了，說：我死了，你也可以死，孩子怎麼辦？老人家怎麼辦？我死你不死，孩子會恨你一輩子，殺死妻子的人還有臉當教師，我巴不得你不死，受罪一輩子！」

趙世隆聰明能幹儀表堂堂，怎麼會有不忠實的妻子，我問：

「原先很好的，怎會變了心？」

「我也問自己，也問她，你知道她怎樣說，說我對她不依不順，那人對她百依百順，還反問我：你做得到麼——這婆娘真不要臉！我恨的是她，那個鬼男人，我倒不在乎，他跳窗逃跑時，我還把衣褲扔了下去，當然我也怕他那副狼狽相惹人注意，事情就會張揚開去，我真是死要面子。」

「倒是難，事情是難在你要面子呵！」

他不注意我這個感歎，逕自說下去：

「爸爸的事，她的事，我想來想去，無路可通，死，一了百了，但是真太便宜了她，她會騙孩子。孩子小，我現在與他說不清，也說不出口。我死後，孩子大了，她會造個謠，道是你爸爸做了壞事只好自殺。還有，我想到我死了之後，那鬼男人正好堂而皇之進門來，坐我的椅子，睡我的床，虐待我兒子。死了當然不知道了，我可不能帶著這樣的念頭去死啊！」

「別這樣想，我是說往好的方面想想看。」

「沒有好的方面，我不死，這樣的家，我有勇氣走出來，到學校來上課，可沒有勇氣走回家去，已經兩天了，夠了！」

「對她說，只要以後不再跟那人來往，你可以原諒她。」

「說了。」

「那就行了！」

「她說：我不要你原諒，倒要我喜歡的那個人原諒你嚇著他了！」

這女人是難對付，她緊緊抓住趙世隆死愛面子這個成為弱點的特點，就是不放。

「你想，我該怎麼辦？」他哽咽著問道。

我邊聽邊思索著解決問題的可能性，無奈一絲光亮也透不出來，自知給我再多的時間也琢磨不出什麼好主意。

呆了一陣，趙世隆自破沉默：

「這也好，證明是無路可走了，天無絕人之路這句話是有了路之後才說的，我是沒有路了，別人當然是指不出路來了！」

第二天上午沒有見到趙老師，下午等他到三點鐘，還不來，我去他家，那女人神色平靜地說：「去鄉下看老人了。」為何不辦請假手續呢？女人悠然答道：「我以為他辦了的，那我補個條吧，請你帶回去交了。」

請假條我是交給教導處的，我認為事情絕非如此簡單。趙老師的課沒人願兼，只好由我擔當，且不說課堂上的唇敝舌焦，辦公桌上作文簿的堆積如山，我總歸行將退休，頂過這最後一關也就是了。

趙世隆從此失蹤，校方調查了一番，不了了之。學生們尤其忘得快，誰也不提趙老師、趙子龍了。倒是語文教研組開會時，幾個女老師，總是嗓音忽而高揚忽而低抑，議論趙世隆的變故，憑她們的本能，多疑的天性，幾乎猜出了這個謎的一大半，也有人已經看到那男的大清早從趙家出來，趙師母也比從前氣色好，打扮得時髦了——她們認為趙世隆是被謀殺的。我裝作什麼也不關心，沒興趣，心裡明白：他是自殺，否則是出走。

我終於退休，長日無所事事，別有一般沒有什麼滋味在心頭。

秋天，京城的表哥來信，他也告老在家了，邀我去玩玩，否則他下江南一遊，我認為兩個設想都可以實現，便欣然覆信，繼之整裝登程。

首都風光，新意盎然，表兄弟談的盡是舊夢，我們返老還童的不是童顏而是童心，二人形影相隨，稍一不見，彼此呼叫，彷彿誰失蹤了似的。某日他要作學術講演，倒不讓我去聽，解釋道：你坐在下面，我在壇上就不好意思胡吹八吹了——我是體諒的，便獨自去公園飲茶。

退休生涯，南江北漠，野鶴飛在閒雲裡。我已不止一次發覺自己的臉上凝固著微笑，這是傻相，該糾正為恬然木然的樣子，才與我的年齡身分相符，我試著做，做到了，而不知不覺，那傻氣的微笑又佈滿了嘴角眼梢——也不能說是虛偽，看一切，我是都抱著寬容的心態，譬如說，那公園的樹蔭下練武的一對小子，揮拳踢腿，汗流浹背，兀坐在旁的教頭厲聲指斥，翻覆苛求，這不是欺侮虐待，是為了徒弟的造詣前程啊。我以愛撫的目光矚視那兩個孩子你來我去地開打，杏眼炯炯，英氣勃勃，不僅可憐，而真也是可羨可敬了。教練則虎視眈眈，出聲如吼，不時用行話指點訣門要害，言之不足，還得上前去示範兩下子——不是像趙世隆，是趙世隆，是他，我似乎並不奇怪，直到兩個孩子下場休息了，才走近去……趙世隆一見我就站起來，握住手，開口就是：

「請你別提南方的任何消息。」

我打趣：

「土生土長在北方，我從來沒有到過南方啊。」

他笑了：

「還記得『兩個小人在打架』麼。」

我點點頭，決不由我重提舊事。

「那時候，我找你，在樓頂的平臺上，我腦子裡不止是兩個小人，是十個廿個小人亂打架呢。」
「誰打贏了？」
「誰也打不贏，所以我逃了。」
「逃得好！」
「改行，從頭來，武術也有理論研究，動動筆，還行。」
「有作文本兒嗎？」
「有，純粹是理論探討。」
「可好了！」我很高興。
「以前是我錯！」
「那是更大的，整個兒的錯引起的。」
「我這一走，走得……」
「對，當機立斷，舉棋即定。」我真心稱讚，並且笑道：

「你倒成了小人打架的專門家了！」

我分開雙手，放在他那一對徒弟的兩個汗滋滋的頭頂上。

SOS

門都打開，人都湧到走道裡……

（他退進艙房，整理物件。）

船長室的播音：

……營救的飛機已起航……兩艘巡弋的炮艦正轉向，全速趕來……

船長說，但他不能勸告大家留守船上等候……

船長說，但如果旅客自願留在船上，他也不能反對，因為，下救生艇，並非萬全之策，尤其是老人和孩子們。

按此刻船體下沉速度……

排水系統搶修有希望……

（他能加快的是整出最需要的物件，離船。）

……決定下艇的旅客，只准隨帶法律憑證、財產票據、貴重飾品……生命高於一切……身外之物，必須放棄……

鎮靜，盡快收拾，盡快出艙，一律上甲板列隊，切勿……

鎮靜……務必聽從安排……

每艇各配水手，切勿……

（不再注意播音。）

剎那間他自省從事外科手術的積習之深，小箱整納得如此井然妥貼，便像縫合胸腔那樣扯起拉鍊，撳上搭扣。

懊悔選擇這次海行。

（經過鏡前，瞥一眼自己。）

走道裡物件橫斜，房門都大開半開，沒人——他為自己的遲鈍而驚詫而疾走而迅跑了。

轉角鐵梯，一只提包掉落，一個女人也將下跌……搶步托住她，使之坐在梯級上，不及看清面目，已從其手捧膨腹的傴僂呻吟，判知孕婦臨產。

攙起，橫抱，折入梯下的艙房，平置床上：

「我是醫生。」

（走道裡還有人急急而過。）

他關門。

她把裙子和內褲褪掉。

「第一胎？」

點頭，突然大喊，頭在枕上搖翻。

「深呼吸……

聽到嗎深呼吸！」

檯燈移近床邊，扭定射角，什麼東西可以代替皮鉗，也許用不著，必需的是斷臍的剪子。

「深呼吸，我就來，別哭。」

（回房取得剃鬚刀再奔過來時船體明顯傾側。）

她覆身弓腰而掙扎。

強之仰臥，大岔兩腿，曲膝而豎起——產門已開，但看胎位如何……按摩間覺出嬰頭向下，心一鬆，他意識到自己的腳很冷。

（海水從門的下縫流入。）

她呼吸，有意志而無力氣遵從命令，克制不住地要坐起來。

背後塞枕，撕一帶褥單把她上身綁定於床架。

雙掌推壓腹部，羊水盛流……

「吸氣……屏住——放鬆……快吸……吸……屏住——屏住。」

嬰兒的腦殼露現，產門指數不夠，只能左右各伸二指插入，既托又曳……

嬰兒啼然宏然，胎盤竟隨之下來了。

割斷臍帶，抽過絨毯將嬰兒裹起，產婦下體以褥單圍緊……

她抱嬰兒，他抱她

看見也沒有看見門的四邊的縫隙噴水

轉門鈕——

海水牆一樣倒進來

灌滿艙房

（水裡燈還亮。）

燈滅。

完美的女友

那年在中國的京城，我主持一項工程，歷時兩載。下榻於某家專門招待西歐來賓的旅舍。職員很有禮貌，白套服，黑領結，都是高中畢業又經過專業訓練的——我休息、飲食，可稱安適。房租是由石油部付的。餐廳只有樓下一個，綠葉扶疏，幽靜宜人，餐畢，侍者用銅盤托來帳單，簽個名，月底結算。唯一不滿足的是，不像生活在中國。

我對這個名城是陌生的，所以休假日多半出遊，而不喜結伴，雖寂寞，卻是平平穩穩，像艘帆船在晴光微風的海面緩緩航行。

夏日某次筵席上，遇見了舊時同學，她已是頗負盛名的雕塑家，工作場離我住的旅舍很近，正在放大一件建築裝飾。

散席時，她說：

「那浮雕很累人，中午想睡一會，你白天不在，可否關照值班人員，給我鑰匙。」

我很高興地同意，旅舍人員也很高興為著名的藝術家服務。一天又一天，我不安，日益不安，希望她早些結束那附近的工作，不再來此午睡。

因為每當我夜晚歸來，房屋總有新鮮感；或是名貴的花，或是書桌上多了幾件小擺設，抽屜裡有巧克力，本來滿著的餅乾箱，又換了品種，大盆的水果，是清朝宮廷格式，吃不了，只聞香味——想像到她每天來時，提包捧花的模樣，我難受得發愣。向晚的歸途中，兀自擔憂，不知房裡又出現什麼新鮮感，這不再是我原來的房間，像是走錯了門。

事態在擴展、激化。某晚，我惴然啟門，先看見壁上的歌德像，然後是窗畔豔紅的大理菊，一盆非洲常春藤吊了起來，綠葉繞過檯燈，垂及古銀鏤花的橢圓鏡框，中有普希金的相片。書架上原是幾本笨重的工具書和零落的數據資料，此時卻嚴嚴正正的站著大排世界名著——這是個文學家的書房，我成了勿知趣的闖入者，不僅是發愣，而是發愁了。

是否去向石油部說，為了工作方便，我搬到招待所去……然而這是逃遁，逃遁是卑劣的。

坐立不安，倒在床上，一側身，發覺枕畔也有變化——是件絲質的白襯衫，百合花般的大翻領，手工縫製，天！哪有時間睡午覺，這針針線線的活兒，多費神。我見過別人穿這種式樣的襯衫，例如拜倫、羅密歐等，那是什麼時代，怎樣的天生麗質，我是一生一世不配穿的，對之不禁毛骨悚然——我的同學舊病復發了。

我和她中學同班，都愛文學，寫羅曼蒂克兮兮的詩，後來她選擇了繪畫雕塑，我選擇了物理化學。

我們是同住在一幢公寓裡的，中學畢業後，雖然分了校，對文學的熱情還是一致而不衰。那時的社會動盪得厲害，我是熱血青年，弄得必須流亡時，她給我船票。歸返而病倒，她給我藥物。想看很多新書，一本也買不起；她每次帶些來，說是借給我，從不拿回去——她夢想我成為詩人，這個十五六歲的人的病，竟會在三十五六歲的人的身上再現，我已久不近詩，偶或觸及，像聞到使人窒息的酒糟的濃香，還是石油的氣味好受些。

二十年中，戰爭、婚姻、職業和生活的滄桑，都是中年人了，沉鬱而開朗，既然重逢，談笑風生，有一種是自然又是人工的超脫，我很珍重自己的中年，也很尊敬別的中年人，常對同輩的朋友說：「正是開懷暢飲的嘉年華啊。」

與女雕塑家重逢後，飲得不多，談得更少。彼此忙於工作。生活瑣事，毫無興趣囉嗦，我的本行，她是不問的，她的雕塑事業，我有一點點好奇心，就評論起古今的雕塑家來，真奇怪，她推崇的幾位，我漠然，我讚賞的幾位，她已是近乎反感，我學會哈哈大笑，她學會悶悶不樂，話題急轉為「你再來一杯咖啡，還是紅茶」。時或同看電影，也曾於散場後漫步夜的街頭，對那電影的導演、演員的藝術，所見略同，互為補充；不期然涉及劇中人的善惡、賢愚，岔路漸顯，甚而爭論，分手時各自作出一副不介意的樣子。有一次看了《梅麗公主》，我自來同情皮恰林，她認為他是全然不良的，我為之辯解了一陣，她說：「那，多半因為你是一個男人。」

別的朋友來看我，對我居處的「情趣」議論紛紛，他們受到我精美點心的招待，卻怪我奢華得女性化、孩子氣。不知哪個機靈鬼，打聽到每天有位女士，準時來佈置房間，增添食品。他們要我公開，我被擾煩了，承認有這麼回事，但從早到晏，我不在，沒有見著她，夜晚她是不來的，朋友們笑道：

「那是田螺姑娘！」

小時候我聽到過這個民間傳說：田螺化成女人，白天為漁夫料理家務，夜晚她回復原形，躲在水缸裡。朋友們引此典故，我也覺得情況相去不遠，便認同了。這還不能平息滿屋子的興奮，定要親眼見見「田螺姑娘」。我對雕塑家說了這個笑話，她素來豪爽，表示由她作一次宴請，於是大家聚在華美的酒樓上，她儼然東道主，豐盛的肴漿，盈盈的笑語，賓客中有幾個也是當年的同學，談來格外有味。誰也沒人稱她田螺姑娘或田螺夫人——宴會很成功，事後都讚美她的不凡、超群。她與丈夫分居多年；那時候正辦完仳離手續，於是朋友們一致認為我和她即將由同居而結婚了。

全然不是這麼回事。她已不再來旅舍午睡，我也結束了石油部的那項工程，臨別的忙碌，使我至今也記憶不清，何以我上飛機時，送別的眾人儔裡沒有那雕塑家，除非她當時不在京城，此外，就沒有原因可以使她不來送別的。

之後，通過一兩封信。之後，又是類似戰爭的騷亂，生活和工作的滄海桑田。之後，遇見了一個從她那裡來的朋友，說：她常談起我……關於她自己呢——已復婚。有了兒子和女兒，很可愛的。事業順利，雕塑件數倒並不太多。

可平安了，大家都已是老人。我寫信，敘完了舊事，添說：在道德上我並非問心有愧，而是你數十年來不倦的善心，使我一想起，便覺得自己是個罪人。

不久，收到回信：「我沒有像你所說的那麼好，不值得你稱道。」除了這兩句，其他的都似乎是節自報端的社論——信不長，我卻感到她說了許多話。

從她最後的一封信看，我覺得，她和京城中滿街走的老婦人行將看不分明，我很喜歡很敬重那裡的出沒於胡同口、菜場上的歸真返璞的老太太，即使她們爭斤論兩，也笑口大開，既埋怨別人的不公平，又責怪自己太小氣。

中國的京城，除了風沙襲人的春天，夏、秋、冬，都是極可愛的。尤其是十月金秋，藍天、黃瓦、紅楓，一個白髮的老婦人，腰挺挺地騎著自行車，背後的車架上大綑的菠菜、胡蔥，幸福而顫抖……

「您老好啊，上我家來玩哪！」

但願我能有這樣喜樂的一天，作為她家的賓客。如果她住的不是洋樓，而是古風的「四合院」，那就真是一個完美的夢。

七日之糧

今夜的天色正合司馬子反的心意。

月亮是圓的，雲氣很盛，飄得快，地面一陣暗一陣明，要偷瞰宋城，那是最好的機會。

司馬子反決計獨自爬登距堙，這用土壅高而附上城去的斜坡，甚陡，他手足並舉，聽著自己的呼吸漸促，背脊汗水發癢，想起長久沒有洗澡了。

快到頂端時，攀傷指甲，忍痛作成最要緊的收腹撐躍，站定在城頭，不由得嘔出幾口酸水，蹲下來而就此坐倒，他抑制了呻吟。

月色明一陣，暗一陣。

舉目望去，宋城規模不小，準備巷戰的壁壘，可稱森嚴，然而燈火稀落，不聞刁斗更柝之聲，彌漫在夜氣中的是異常的焦臭，絕非田父積肥的野燒，倒像是大火災之後，但全城屋舍儼然，這就奇了。

此城牆其實是外郭，所謂三里之城七里之郭，隔著河水，靜悄悄，沒有巡邏的戍卒，想必是隱守在要害處。

司馬子反凝了凝神，躡手躡腳沿邊向那舉烽的粗木高架近去。既及垛口，探首一瞥，果見兩條漢子盤踞僻角，卻是垂頭而睡，鼾聲正濃。

他忽然高興起來，月光照著甬道的臺級，如果就此摸索下去，深入虎穴探個究竟，似乎已經不是妄想了。

跫聲，有人上來！

子反閃匿在垛闕的暗影裡，屏息間已辨知來者行動滯鈍，老了，或有病；繼而確定是獨行，獨行則非換崗——他又高興起來，睡熟的兵等於死屍，來者又不是兵，而且冥然感覺到夤夜登城的那個，很可能與自己的身分對等，而且……他慘然一笑。這時，跫聲卻沒了。

跫聲是沒了？

側耳細聽，咻咻然那是喘息……

子反忽想下去作攙助，瞬間克制了這個怪念頭。

跫聲又起……顫巍巍，一個上大夫裝束的龍鍾背影冒出坑口，月光照著白髯，他雙手按在膝蓋上，連連咳嗽。

司馬子反撣了撣下身的灰土，從垛闕的陰影裡，直身移步上前：

「月出皎兮，佼人僚兮，舒窈糾兮。勞心悄兮……」

剛上城頭的那一位當然吃驚不小，旋即鎮定，接口道：

「月出皓兮，佼人懰兮……懮舒受兮……勞心慅……兮。」

此時司馬子反差不多完全看準相對作揖的，是名傳遐邇的華元大夫，那就不必兜圈子了。

「子之國，何如？」

「真是已經吃不消了！」華元撫了撫白鬍。

子反：

「憊到什麼地步呢？」

華元：

「易子而食之，析骸而炊之。」

子反：

「唉唉，甚矣憊……我相信您說的是實話，然而以一般的道理來講，再窮，也還得裝闊呀，拿木片把馬嘴銜住，就顯得槽裡有的是秣粟；而您怎麼把老底抖給了我呢？」

「君子見人之厄則矜之，小人見人之厄則幸之，我看您是個君子，就竹筒倒豆子嘛。」

彼此似笑非笑地笑了一下。

司馬子反深深吸口氣，用這氣把話衝出來：

「諾，你們好好堅守城池吧，我們也只有七日之糧了，吃光，就回去。」

華元輕聲問道：

「班師的路上不開伙食了嗎？」

子反聳聳肩：

「所以說，我們至多只能再圍兩三天，餘糧用於歸途。」

二人相對拱手，作揖，影子投在雉堞上，幾乎是很美麗的。浮雲剛過去一塊，另一塊在移過來。

烽火臺裡的那兩個戍卒，已被上大夫的對話所驚醒，然而聽不懂「悄兮」、「搔兮」，各秉弓箭，呆立在闕口，眼看司馬子反翻身退落距堙，華元大夫俯首目送，頻頻揮手，戍卒知道沒有他們的份內事。

華元打了個呵欠，戍卒也要呵欠而強自忍住：

「您老辛苦了！」

「你們辛苦了。扶我下去，不必等人換崗。」

「扶您老人家下去，我們再上來。」

「不必了不必了，回營回營，嗯。」

城腳的石縫裡蟋蟀嚁嚁地叫。

那邊楚營帳篷的木樁之周，蟋蟀也嚁嚁地叫，轅門是豎兩車轅相對為門，其下蟋蟀的叫聲更繁。

司馬子反進帳，拿起一個硬饃來啃，似乎很香，似乎可以喝點什麼酒，似乎該洗個熱水澡，轉念還是不等天亮，當即去見莊王的好。

莊王也沒有安寢，也正要打呵欠而把呵欠的下一半吞掉：

「怎麼樣？」

「偵察過了。」

「怎麼樣？」

「憊矣！」子反蹙起眉頭，又鬆展。

「那麼，憊到什麼地步了呢？」

「易子而食，析骸而炊，華元大夫親口告訴我的。」

「哎唷，糟透了……我還是要占領它，然後，再回去。」

子反把兩手疊起：

「我對他們說，我們只有這點糧食了。」

莊王的聲音很響：

「你做了什麼喲！」

子反將雙手分開，長跽而言曰：

「區區之宋，尚且有不欺之臣，可以楚而無乎，七日之糧，說也已經說出去了！」

莊王示意侍衛取酒，添燃松明之後，調整臉色，曼聲道：

「好吧，那麼你給我著即造一批房子，留守在這裡，雖然，吾猶取此，迺後歸爾。」說罷便作態賜酒。

司馬子反接酒，謝了，說：

「好吧，君處於此，臣請歸爾。」

莊王停樽莞然：

「你走了，我和什麼人下棋對飲呢，那就一同回去吧！」

古時候的人，說了話是算數的，第二天卯時就下令拔營，即是說要帶了七日之糧引師歸去來兮。

宋城雖然知道解了圍，也知道民生經濟一時難以好轉，不過大家有了一句口頭禪：「前途是光明的。」

楚軍的先遣部隊，照例是輕裝，辰時就打點出發了。莊王照例是位於中間的，所以是近午登鞍，他不欲乘革車的原因是，為了要賞覽秋山紅葉。許多後事當然由司馬子反妥善收尾。莊王臨走時歪著脖子道：

「你瞧著辦吧，事情已經是這樣了。」

所以司馬子反顯得慢吞吞地有條不紊，毋庸顧慮宋兵會來截後劫糧。

暮靄四起，少頃便皓月東升，十六夜的和昨日三五之夜的是一樣圓，雲沒了。

司馬子反望望銀輝中的宋城，以為能聽到些什麼打擊樂器的聲音，然而仍只木椿之周的蟋蟀在叫，幾幡有待收捲的旌旗在風裡獵獵不止。

護糧官上前敬了個禮：

「大人的尊意是……」

「說過了，留一半下來。」

「那，我們自己只有七日之糧，路上可能要走八天，如果下雨的話……」

「宋城中，用自己父親的屍骨，燒別人的兒子的肉來充飢。」

護糧官低頭。縮腳退去了。

司馬子反負手踱步在剛拆掉轅門的路邊，傳令兵從背後走過，他指著獵獵的旌旗喝道：

「還不把這些東西統統收起來！」

這時宋城的門徐徐開了一條縫，擠出十來個高矮不等的人來，
遠望愈加顯得骨瘦如柴，為首的白鬍，無疑是華元。
司馬子反向他們走去，卻見他們停步，橫排成一行。
他也立定。
古禮送者長跪注目，行者作揖揮手。
應得有一點聲音，
一點聲音也沒有。
月亮。

芳芳 NO.4

芳芳是姪女的同學，姪女說了幾次，便帶她來看我了。明顯的羞怯，人也天生纖弱，與姪女的健朗成了對比。她們安於樂於對比，不用我分心作招待，要來則來，要去則去，芳芳也成了熟客。算是我非正式的學生，都學鍵盤，程度不低。

我是小叔，姪女只比我幼四歲，三人談的無非是年輕人才喜歡的事。雖然男女有別，她們添置衣履，拉我一同去品評選擇，這家那家隨著轉——這就叫做青年時代。

丁琰是男生，琴彈得可以，進步不快，每星期來上兩課。愛了芳芳，我早就感覺到有這回事。

夏天姪女考取了中央音樂院，又哭又笑地北上了，芳芳落第，閒在家。說想工作。

芳芳仍舊時常來，不知是丁琰約她的，還是她約丁琰的。課畢，盡由他們談去，我總有什麼事夠我小忙小碌的。

再到夏天，丁琰為上海音樂學院錄取，我也快樂，他與芳芳作伴來，一起聽音樂、做點心，不上課了，拉扯些新鮮掌故。姪女南歸，住在我家，更熱鬧，誰也不知道芳芳不愛丁琰。

姪女對我說：

「其實並沒有什麼，她一點也不喜歡他。那些信，熱度真高，愈高愈使芳芳笑，全給我看了。」

「不能笑，妳們笑什麼，我倒怪芳芳不好。以後妳不可以看信。丁琰氣質不錯，也許，吃虧在於不漂亮，是嗎？」

「問我？他又沒有寫信給我。」

「妳們是不是笑他太瘦長，至少脖子太細？」

「好像你聽見一樣。芳芳是隨便怎樣也不會像丁琰想的那樣的。」

平心而論，芳芳也不漂亮，也過分清癯，不知修飾，只是眉眼秀潤——未免自視過高。

丁琰確是因為明悉了芳芳的全然無情而病了，病起之日，對我說：

「一場夢，不怨也不恨，上了想像力的當。」

我很喜歡他的朗達，誇獎道：

「教過你鋼琴，沒教過你這些，無師自通，到底不是十九世紀的夜鶯了。」

我的話，反使他雙目瀅然，可見他是真的單獨愛了好一陣——使我想起自己的某些往事。

不知芳芳要避開丁琰還是急於獨立生活，她也去京城，進了某家出版社當校對。丁琰很少來，我家顯得冷清。另有些客人，是另一回事。

常有芳芳的信，信封信箋精美別緻，一手好字，娟秀流利，文句也靈巧，靈巧在故意亂用成語典故，使意象捉摸不定，搖曳生姿。如果不識其人，但看其信，以為她是個能說會道的佳人。如果這些俏皮話不是用這樣的筆跡來寫，一定不會如此輕盈。什麼時候練的字？與其人不相稱，她舉止頗多僵澀，談吐亦普普通通，偏在信上妙語連珠。我回信時，應和她的風調，不古不今，一味遊戲。好在沒有「愛」的顧慮。我信任「一見鍾情」，一見而不鍾，天天見也不會鍾。丁琰來時，問起芳芳，把信給他看，一致評價她的好書法。

信來信往，言不及義的文字遊戲，寫成了習慣似的。某年秋天，我應邀作鋼琴演奏比賽的評判，便上了京城，事先致函姪女和芳芳，不料即來覆示，各要代購春裝冬裝，男人去買女裝已是尷尬，尺寸不明，來個「差不多」買下帶走便是。

當她倆試穿時，居然表示稱心如意。我說：

「以後別叫我辦這種事。」

評判的事呢，做個聽眾還不容易，大家說好，我就點點頭，說差勁，我又點頭，反正我的學生都沒來參加比賽，我完全「放鬆」，背地裡有人說我穩健持重，城府深——他們沒有看見我和姪女、芳芳，三小無猜，大逛陶然亭兒童公園，坐滑梯，盪鞦韆之後，吃水餃比賽，我榮獲第一名。

那年在京城，別的都忘個冥冥濛濛，只記得當時收到一封本埠信，芳芳的，其中有句：

「想不到昨天你戴了這頂皮帽竟是那樣的英俊！」

很不高興她用這種語調來說我，所以後來見面，換了一頂帽子。

沒有中斷通信，不過少了，而且是從安徽寄來的，芳芳下放到農村去勞動，字裡行間，不見俏皮，偶然夾一句「似水流年，如花美眷……」我笑不出，我在城市中也無非是辛苦逐食，哪有閒情逸致可言。這樣又是兩年過去。

芳芳家在上海，終於可以回來度春節，似乎是延期了。一個下午，突然出現，說是到家已一個多星期。她不奇怪，我可奇怪得發呆——換了一個人？我嘴裡是問長問短，眼和心卻兀自驚異她的興旺發達，膚色微黑泛紅，三分粗氣正好沖去了她的纖弱，舉止也沒有原來的僵澀，尤其是身段，有了鄉土味的婀娜。我這樣想：長時的勞作，反使骨肉亭勻，回家，充足的睡眠、營養，促成了遲熟的青春，本是生得姣好的眉目，幾乎是顧盼曄然，帶動整個臉……無疑是位很有風韻的人物。我們形成了另一種融洽氣氛，似乎都老練得多。她言談流暢，與她娟秀流利的字跡比較相稱了。

她是不知道的，我卻撇不開地留意她的變化，甚至不無遺憾地想：如果當年初次見面，就是這樣的一個人……

在愛情上，以為憑一顆心就可以無往而不利，那完全錯！形相的吸引力，慘酷得使人要搶天呼地而只得默默無言。由德行，由哀訴，總之由非愛情的一切來使人給予憐憫、尊敬，進而將憐憫尊敬擠壓成為愛，這樣的酒醉不了自己醉不了人，這樣的酒酸而發苦，只能推開。也會落入推又推不開喝又喝不下的困境。因此，不是指有目共睹，不是指稀世之珍，而說，我愛的必是個有魅力的人。醜得可愛便是美，情侶無非是別具慧眼別具心腸的一對。甚至，還覺得「別人看不見，只有我看得見」，驕傲而穩定，還有什麼更幸福。

我迅即趨於冷靜。相識已五年，儘管通過許多言不及義的俏皮信，芳芳的心向我是不知究竟的，只看到她不虛偽，也不做作。但淡泊、膽怯、明哲保身，是她的特徵。我曾幾次去過她家，感到她對父母、弟妹，都用二分之一四分之一的心。她對音樂、文學，也懶散、游離——與其說她從不做全心全意的事，不如說上帝只給她二分之一四分之一的心。這個小小的宿命論，也就使我平下來，靜下來。

本埠信——芳芳的老作風，善於說話貼郵票的。

這信……重讀一遍，再讀一遍，從驚悅到狂喜。結束時，她寫道：「……即使不算我愛你已久，但奉獻給你，是早已自許的，怕信遲到，所以定後天（二十四日），也正好是平安夜，我來，聖誕節也不回去。就這樣，不是見面再談，見面也不必談了，我愛你，我是你的，後天，晚六點正，我想我不必按門鈴。」

以我的常規，感到有傷自尊，她就有這樣的信念，平安夜聖誕節一定是賦予她的？她愛我，不等於我愛她。我豈非成了受命者。赴約，她是赴自己的約，說了「我是你的」，得讓我也說「我是你的」，就不讓我說？就這樣？

當時全沒有意識到這些，只覺得事出非常，與我多年來認知的芳芳顯然不符，她矜持、旁觀。不著邊際、怕水怕火，凡事淺嘗即止——驟爾果斷熾烈、大聲疾呼……這些疑惑反而強化了我的歡慶，我狀如勝利者，幾乎在抱歉了，我有什麼優越性使她激動如此？

分別婉謝了其他朋友的聖誕邀請。清理客廳臥房浴室，所謂花、酒、甜品、鹹味……

是六點正，是她，是不必按門鈴。

並未特別打扮，眼神、語氣、笑容，一如往常，所以這頓晚餐也澹靜無華，茫然於晚餐之後談什麼，就像是飲茶抽菸到深夜，照例送她上車回家。

亞當、夏娃最初的愛是發生於黑暗中的嗎，一切如火如荼的愛都得依靠黑暗的嗎，當燈火乍熄，她倏然成了自己信上所寫的那個人，她是愛我的，她是我的，輕呼她的名，她應著，多喚了幾聲，她示意停止，渴於和她說些湧動在心裡的話；然而她渴於睡……其實直到天色微明，都沒有睡著過，我決意裝作醒來，想談話，她卻起身了。

從浴室出來，她坐在椅上望著長垂的窗簾。

我迅速下床，端整早點，又怕她寂寞，近去吻她，被推開了。

一點點透過窗簾的薄明的光也使她羞怯麼，我又偎攏——她站起來：

「回去了。」

這時我才正視她冷漠的臉，焦慮立即當胸攫住我：

「不要回去！」

「回去。」

「……什麼時候再來？」

她搖搖頭。

「為什麼？」

「沒什麼。」

「我對不起你？」

「好了好了。」

也不要我送她，逕自開門，關門，下樓。

聖誕節早晨六時缺五分。

能設想醉後之悔厭，或醉醒後一時之見的決意絕飲。我不以為她的幸福之感是荒誕無稽，也不以為她錯了或我錯了，即使非屬永約，又何必絕然離去。

兩天無動靜，去她家，說回安徽了，這是明的暗示。春節後，知道她已北上。不知是誰告訴我的。

我沒有得到什麼。她沒有失去什麼。她沒有得到什麼。我沒有失去什麼，最恰當的比喻是：夢中撿了一隻指環，夢中丟了一隻指環。

是個謎，按人情之常，之種種常，我猜不透，一直痛苦，擱置著，猜不下去。

因為猜不下去才痛苦……再痛苦也猜不下去——是這樣，漸漸模糊。

大禍臨頭往往是事前一無所知。十年浩劫的初始兩年，我不忍看也得看音樂同行接二連三地倒下去，但還沒有明確的自危感——突然來了，什麼來了？不必多說，反正是活也不是死也不是的長段艱難歲月。我右手斷兩指，左手又斷一指——到此，浩劫也算結束。又坐在什麼比賽的評判席上。是「否極泰來」的規律嗎，我被選為本市音樂家協會的祕書長，陸地賓客盈門，所見皆笑臉，有言必恭維。家還是住在老地方，人還是一個，每天還是有早晨有黃昏。

黃昏，門鈴，已聽出芳芳的嗓音——十四年不見。

頭髮斑白而稀薄，一進門話語連連，幾乎聽不清說什麼，過道裡全是她響亮的嗓音，整身北方穿著，從背後看更不知是誰。引入客廳，她坐下，我又開一盞燈，她的眉眼口鼻還能辨識，都萎縮了，那高高的起皺的額角，是從前所沒有的。外面下著細雨，江南三月，她卻像滿臉灰沙，枯瘦得，連那衣褲也是枯瘦的。

她不停地大聲說話，我像聽不懂似的望著她高高的額角，有什麼法子使她稍稍復原，慢慢談，細細談。

她在重複著這些：

「……要滿十年才好回來，兩個孩子，男的，現在才輪到啊，輪到我回上海……他不來，哈爾濱，他在供銷社，採購就是到處跑，我管帳，也忙，地址等忽兒寫給你，來信哪，我找到音樂會，噢不，音樂協會去了，一回家，弟妹說你是上海三大名人，看報知道的，報上常常有你的名字，你不老，還是原來那樣子，怎麼不老的呢……就是嘛，要十年，不止十年了，安徽回去，不要了，到過長春瀋陽，總算落腳在哈爾濱，大的八歲，小的六歲了，他要個女兒，我是夠了，我妹妹想跟了來，我說上火車站……」

沖了茶，她不等我放在几上，起身過來接了去，北方民間的喝法，吸氣而呷，發出極響的水聲，而語聲隨之又起：

「你是三大名人，昨天，是昨天找到你協會，看門的把地址告訴我。其實我來過的，以為你早搬家了，我以為你在運動中早就死了，死了，死了多少人哪，我也換了好幾個地方，大連待過半年，你是一點不老，還是那樣子，奇怪頭髮都不白，看門的說要找你得快，你馬上要出國，是嗎，英國？法國？還回來？我看你不回來了？你不老，昨天沒有空，今天一天又買東西，我也就要走了，今兒晚上非得找到。到門口還擔心，哎，茶，我自己來……」

想使她靜下來，靜下來才有希望恢復，給她沏茶，端盒糖果，找幾本新版的琴譜，我個人的影集，題了字，延長「幕間休息」，希望她的思緒接通往昔的芳芳，也就是從前的我。可惜門鈴作響，多的是不速之客，進來三位有頭有臉的大男人。

芳芳收起我的贈物，把茶呼嚕喝乾：

「不打擾了，走了走了，真高興，總算找到，我走了，你們請坐，請坐，走了。」

請她留個通信處，她是一邊念一邊解釋，一邊寫的。

送她到樓下，門口，她的手粗糙而硬瘠，而走路的速度極快，一下子就在行人中消失，路面濕亮，雨已止歇。

等三位不速之客告辭，我才在燈下細看她的地址，有一點點從前的筆跡，只有我辨得出。

「奇遇」還要來，來的不是人，是信：

「這次能見到你，真是意外，我一直以為你早已被迫害而死，我想，回到上海，家裡人會告訴我有關你的消息，不用問，他們會說的。哪知你還在，還不見老，我真是非常高興，真是不容易的，能活下來，也就不必去多想了，保重身體。

這次我買了船票，到大連再轉火車，安靜些也便宜些。好久不見海了，這渤海雖然不怎麼樣，也遼闊無邊，一人站在甲板上，倚欄遙望，碧浪藍天，白鷗迴翔，我流下眼淚，後悔當初是這樣地離開你，後悔已來不及，所以我更深地後悔，第一次流淚之後，天天流淚。

你到了外國，能寫信給我嗎？謝謝你給我的影集，其中還有我們在北京玩鬧的照片。謝謝你給我的曲譜，我居然還讀懂一些，你寫得真好，很想在琴上併出來聽聽。

如果以後你回國，也請告訴我，知道了就可以了，不會打擾你的。如果你以後到哈爾濱，那請來看看我們一家。

異國異鄉，多多保重身體！祝你萬事如意！」

她在信封、信紙的末尾，又寫了詳細的地址，實在是詫異，說話已經這樣猥瑣嘮叨，怎又寫出這樣的信來，字跡，那是衰敗了，信紙是供銷社的粗糙公箋。

去國前夕，曾發一信，告知啟程日期，所往何國。那不談比談更清楚的一切，我沒有談，只說：

「我也非常高興能重見妳，感謝妳在天海之間對我的懷念和祝福。我自當回來，會到哈爾濱一遊，以前曾在哈爾濱住過半月，『道裡』比『道外』美，松花江、太陽島更是景色宜人，告訴妳的兩個可愛的兒子，有個大伯要見見他倆，一同去蘆葦叢裡打野鴨子……」

在宴會、整裝、辦理手續的日夜忙碌中，芳芳的信使我寧靜……已不是愛，不是德，是感恩心靈之光的不滅。無神論者的苦悶，就在於臨到要表陳這種情懷時，不能像有神論者那樣可以把雙手伸向上帝。我卻只能將捧出來的一份感恩，仍舊訕然納入胸臆——沒有誰接受我的感恩。

「奇遇」還有，來的不是信，是一陣風——參觀了倫敦塔後，心情沉重，我一直步行在泰晤士河邊，大風過處，行人衣髮翻飄，我腦中閃出個冰冷的怪念頭：

——如果我死於「浩劫」，被殺或自殺，身敗名裂，芳芳回來時，家裡人作為舊了的新聞告訴她——我的判斷是：

她面上裝出「與己無關」，再裝出「惋惜感歎」，然後回復

「與己無關」。

她心理暗暗忖量：「幸虧我當時走了，幸虧從此不回頭，不然我一定要受株連，即使不死，也不堪設想——我是聰明的，我對了，當時的做法完全對了——好險！」

這個怪念頭一直跟著我。

久居倫敦的一位中國舊友，曩昔同學時無話不談，他是仁智雙全的文學家，老牌人道主義者。一日酒到半醉，我把前後四個芳芳依次敘述清楚，細節也縝密不漏，目的是要他評價我在泰晤士河畔的風裡得來的怪念頭——他一聽完就接口道：

「你怎麼可以這樣想！」

靜默了片刻，他說：

「明天，明天再談。」

我笑：

「為什麼要到明天，今夜準備為我的問題而失眠？翻那些參考書？」

他也笑：

「把我攪混了，你和芳芳，都是小人物，可是這件公案，是大事。你說蒙田，蒙田也一時答不上，我得想想，怕說錯。」

第二天在咖啡店見面，我友確實認真，開口即是：

「你想的，差不多完全是對的！」

他的嗓音高，驚擾了鄰座的兩位夫人，我趕緊道歉。文學家說：

「你只會道歉，我倒想把這段往事講給她們聽聽呢。」

「噓——歐洲人對這些事是無知的。」

魔輪

魔輪，是一種鳥的名稱，巫者將其縛於輪上，轉輪，便可使失戀的人復得愛情。

女人中，竟有一個，美得無法用言語形容。

賽阿婕泰

島國難得下雨，賽阿婕泰喜在雨夕緩緩獨行，一任紗袍濕貼在胴體上。

全城的男人天天等下雨，到時候，個個目中無雨，只見雨裡的倩影。

賽阿婕泰在家梳妝打扮，臨了才把幾種香液搽在軀肢各部，髮鬘、手心、胸、腹、股、趾，馨息區異，猶詩之分句。分句，而後聯成一首〈賽阿婕泰〉。

賽阿婕泰，這個芳名最初三天出現在那堵牆上，名下還加奧寶的數字，奧寶是錢幣，雅典習俗，妓女的廣告如此。

然而從第四天起，牆上不見她的芳名。

她的豔譽已遍溢全城，大得驚動了蘇格拉底。

「既然無法用言語形容，就得去看她一眼。」

蘇格拉底說。

她裸身站著。

畫家畫著。

蘇格拉底看她，看畫，再看她，不再看畫。

畫家停筆。她鬆了姿勢。

「諸位，是我們應該感激賽阿嬂泰肯把自己顯示給我們看？還是她應該因我們觀瞻了她而感激我們？」

沒有回答。蘇格拉底繼續說：

「所以，她贏得的，是我們對她的讚賞，當我們傳揚開去時，她會收穫更多的令名。我們呢，見到了渴想中的瓌寶，然後動情地離去，還將深深憶念——這樣就有個結果，一方是崇愛者，一方是受崇愛者。」

賽阿嬂泰向蘇格拉底欠身行禮：

「既然如此，我更應該感激你們了。」

她穿戴起非常昂貴的服飾，與她同在的母親也富麗而超俗，眾侍婢個個盛服靚妝。全座宅第在初秋的夕照中愈顯得怡靜堂皇。

蘇格拉底：請告訴我，賽阿婕泰，你有田產嗎？

賽阿婕泰：我可沒有田產。

蘇格拉底：也許有房屋足以收租？

賽阿婕泰：只有我自己住的。

蘇格拉底：那麼，有精於手藝的奴隸吧？

賽阿婕泰：這樣的奴隸哪兒去找。

蘇格拉底：你的生活所需從何而來？

賽阿婕泰：如果有人成了我的朋友，善待我，他就是我生活的倚仗。

蘇格拉底：啊，賽阿婕泰，我憑赫拉女神對你說，你這種產業真是好極了，比獲得一群羊或牛要強得多了。不過，你托庇運氣，朋友會像蜂蝶飛來呢，還是用計策吸引他們呢？

賽阿媞泰：我怎能想得出什麼計策？

蘇格拉底：不難，比蜘蛛結網容易得多。

賽阿媞泰：難道你建議我也得織個網嗎？

侍婢端來酒和鮮果，亮了華燈。

難道你沒曾注意獵人，為了獲得野兔也得用智謀；野兔夜間出洞覓食，獵人就驅使善於在黑暗中捕物的犬，追逐野兔。野兔一到白天就躲藏起來，獵人就換一種犬，能嗅出草叢間穴窟邊的氣味，又把野兔找到了。野兔腿腳敏捷，很快就跑得無影無蹤，獵人又準備另一批奔得飛快的犬，但逃命的野兔有時還能逸脫，獵人便在路口撒下羅網，野兔撞上了，腿腳被纏住。

——蘇格拉底取酒，潤了潤喉。

我怎能用這類方法來獵取朋友呢？

——賽阿嬟泰的眼睛，像是吹進了一層灰塵。

當然能夠，不用犬，用一個人，去為你尋找那些愛美而富有的人，找到了，再用方法使他們進入你的羅網。

——蘇格拉底拿起一只果子又放下。

我，我哪兒來的羅網？

——賽阿嬟泰閉上眼睛。

你有，你的肢體便是羅網，裡面還有一個靈魂，這靈魂的羅網可是最能纏住人了，它懂得何時該巧笑，何處應流盼，什麼話使人愉悅，哪種人值得款待，也知道饗輕薄子以閉門羹，它仔細照顧體氣虛弱的朋友，它及時向新有成就的朋友深表祝賀，它傾身厚報那些赤誠眷戀你的人。至於愛，相愛，賽阿嬟泰，它不僅需要溫柔狂放，還需要善良的心……

賽阿嬟泰低頭輕聲說

——這些計謀，這些是計謀嗎，我想過用過了嗎……沒有想……沒有用……

「所以，」蘇格拉底接著說，

「按照一個人的性格，運用適合於他的方式來對待，那方式不適合於別人而唯獨適合於他，這樣，才能保住一個朋友，這樣，他向你表示忠悃的時候來了，你，賽阿婕泰，這時候，你務必更恩惠他。」

「你說的是實話，尊敬的蘇格拉底！」

「你只能要求那些愛你的人，做他們極不費力就可做到的事，然後你隨即慷慨酬答，這樣他們就由衷欽佩你，長久愛你。賽阿婕泰，別過早奉獻愛情，你要等，等他們向你請求、懇求，甚而哀求，才把愛情給了。你看，最美味的食品，如果那人腹膈飽脹，他就不在乎，乃至討厭，而粗糲之所以可口，是在什麼時刻，賽阿嬞泰？」

賽阿嬞泰：「怎樣才能使人如飢似渴呢？」

「先是，」蘇格拉底：

「已經感到滿足的人，決不再添一分，不要使他們想起這件事來，直到他們的這種心情消逝了，遠遠的了，那時，你就以端嚴的談吐，若即若離的態度對待他們，他們慢慢飢了、渴了，而你仍要無視，就像全然不知他們的需求，這種需求因你的無視無知而終於達到頂點。賽阿嬞泰，同樣的賜予，因受者的需求的不同，品質就完全各異。」

「那麼，蘇格拉底，」賽阿嬞泰，

「你為什麼不和我一道來獵取朋友呢？」

蘇格拉底——只要你能說動我，就一定與你共事狩獵。
賽阿媞泰——我怎能說得動你？
蘇格拉底——如果真摯，你自己必能找到法門。
賽阿媞泰——那麼，你常來我家吧。
蘇格拉底
——賽阿媞泰，我可是個極不容易得到閒功夫的人，無數私事公事難解難分，還有許多朋友，白晝黑夜，都不讓我離開，向我學習戀愛術和符咒。
賽阿媞泰
——啊，蘇格拉底，你也懂得這些？
蘇格拉底
——難道你以為阿帕拉多拉斯、安提斯泰尼斯，一直追隨不捨，是為了別的緣故？凱貝塔、西米阿斯，遠遠從塞比到我這裡來，為的是什麼？你該知道，如果沒有大量的戀愛術、符咒和魔輪，這樣的事是不可能發生的。

賽阿嬑泰

——那麼，請你把這個魔輪借給我吧，我第一轉，就要轉得你到我跟前來！

蘇格拉底

——哪兒話，我不願被吸引，是你應該到我跟前來。

賽阿嬑泰

——我就來，可你得開啟心扉呀？

蘇格拉底

——只要沒有比你更可愛的人和我在一起，我總會讓你進來的。

自從那次之後，賽阿嬉泰沒有得到與蘇格拉底對話的機會。
因為，總有比賽阿嬉泰更可愛的人與蘇格拉底在一起。

月亮出來了

沒料到外面早就下著大雨，既然付了帳，不想再回進去。雨勢很猛，一時不可能停，我們相視而笑。

都市的尾梢，夜深沉，什麼車也沒有，是我們談忘了時間，多喝了酒。

風吹雨斜，臉濕得癢癢的，兩手插在大衣袋裡，繼而全身瑟縮。她更不幸，我說：

「再進去喝一杯？」

「一杯之後，雨不停？」

又相視而笑。

「沒有車，就算雨停了，嗯？」

她皺起眉頭，我答不上。

路遠，沒有車愈想愈遠，夜深，天寒，雨大……

夢一般地在雨聲中聽出了馬蹄聲，而且很快近來——果然一輛馬車，我倆同時大聲喊叫，馬車減慢，水淋淋光閃閃，停在酒店門前。

「亨利路，維克多路口，麗芒湖方向。」

「ＯＫ！」

「多少錢？」其實也不必問了。

「一百元。」馬車夫報價驚人。

「五十。」

「八十。」

「六十。」

「ＯＫ。」

我們鑽進車廂，車夫整嚴幔子，一鞭鳴響，蹄聲答答。黑暗中，又聽見自己的笑：

「倒像是一場私奔。」我摟抱她。

「半夜坐馬車，回上個世紀了。」

那是白天在公園邊兜攬遊客的仿古玩藝兒，竟會鬼使神差地經過市梢。車夫意外做了筆生意，我們意外地順利回家。通宵坐酒店，除非跳舞，不然凌晨三四點鐘這陣子總會噁心難受。

「是說買好新車再賣掉舊車麼。」她在對自己說。

「明天，隨便你什麼車，開一輛回來得了。」她在對我說。

「好，準定買回來，不過，是一輛馬車，公爵夫人。」

「那可得你當馬車夫了，公爵大人。」

說得我不敢貿然從事。

「不怪雨，不怪你急於賣掉舊車，怪酒，那酒……」我回味無窮。

「卡洛思神父釀的也不過如此。」

「真是把西班牙的整個春天喝下去了。」

「好的酒，已不是一種物質。」她喜歡小小的思辨。

「是酒叫你說這種話的，女巫。」

「怎會知道這家店裡有這種酒。」

「否則我怎能算是魔法師。三天不說話，還是破了戒。」

「三天了嗎。」

「第四天了。」

「假如沒有這種酒呢。」她。

「這時候我大概已經整理好兩隻箱子。」我。

「在酒店裡談了些什麼。」

「是你囉嗦，我是忘了呵欠。」

「囉嗦什麼。」她。

「一小半是吳爾芙夫人。」我。

「她也算美女？」

「智慧從來不具性感。」

「克莉奧帕屈拉？」她。

「善用香料的女政客，精於烹調術。」我。

「現在已有性感明星兼女作家的。」

「算什麼智慧。」

「我呢。」她。

「談論事物不宜插入一個『我』。」

「真不害臊。」

「就是夏麗葉夫人，雷珈米爾夫人，也都很醜，別人以為慧中者必秀外，其實深沉的思想，無不損壞美麗的臉。」

「難怪喬伊斯說『從未聽見過有女哲學家』，他很得意。」她。

「喬伊斯得意，我不得意。出個女哲學家吧。」我。

「出了。」

「沙特太太嗎。」我。

「德・波娃算不了，我說摩克多。」她。

「謝謝，只認同她是小說家，前世生活的回憶者之流。」

「犧牲美麗，女人肯付這個代價嗎？摩克多倒不能說有多大的犧牲。」

「決定不做第一個女哲學家？」我。

「思想最初發自憂慮，到後來才不全是憂慮。」她。

「到末了，又回到憂慮。」我信口伴奏。

「但願歷史是一根彈簧，它卻是鏈條。」她深不下去，轉向廣度。

「沒有在酒店裡談得好了，靈感已經先我們回家了。」我寬慰她。

「都道奧斯卡的談話使他自己的文章黯然失色？」

「全身華麗的閃光的刺。一個人如此耗盡生命？」我。

「是奧登還是艾略特？說，到了命運不要王爾德演下去的時候，王爾德還在演。」她。

「還是『命運要他演下去的時候，他不演了』的人聰明些。」

「女人知道把寶貴的東西珍藏起來。」她。

「那麼多的匣子，外面是金屬，裡面是天鵝絨。看了就心煩。」我。

「揮霍天才比揮霍金錢要俏皮些。還是可惜。」

「兩者皆無的人，你把他放在匣子裡，才冤。」

「也插進一個『我』了，你以『他』代『我』。」

馬車突然顛晃起來。斜側，不動了——車夫在咒罵，我掀開幔子，不見人，聲音在後面：

「不行啊，先生，陷在泥坑裡啦，對不起，您能下來幫幫我嗎，先生？」

我跳下，好大的雨。

「你去駕車，我推。」我命令車夫。

她也下車來了。

車夫又吼又揮鞭，我和她也像挨著鞭子一樣，使勁扳轉車輪，上了，又退下，再上再上，出了泥坑——人笑，馬不笑，車也不笑，這樣的十八十九世紀之夜。

鑽進車，脫掉外衣，別的不想，都想抽菸，她的手提包內有個空菸匣，我掏衣袋，一團稀爛的菸渣。

「好夜晚，難得有助你一臂之力的機會。」

「難得有冒大雨死推輪子的公爵夫人。」

沒有菸抽，醉意已退完……

馬蹄聲，雨聲……

……

「先生，先生……」車夫又大叫。

「怎麼了！」車又不動。

「先生！」

「怎麼啦？」

我掀前幔，她揭側簾——一派清輝，我們分兩邊跳下。

皓月中天，蒼穹澄澈，幾片杏黃的薄雲徐徐飄過曠野，馬在喘氣，車夫一躍而下，摘下圓桶帽，滿臉憨笑：

「月亮出來了！」

「月亮出來了。」我應該重複他的話。

這時才看清他是個漂亮的中年人，一身鑲金邊的古典號服，濕漉漉的濃髭，他的板菸香味，使我忍不住問道：

「您有紙菸嗎？」

他點頭，爬進車廂，翻起座墊，取出兩包Lights，分遞給我和她：

「100s，行嗎？」

「很好，謝謝你。」

我和她各自一支在手，深吸，舒氣，月色分外清幽，馬嘶，劃破夜的靜空，遠處的林叢絪縕著霧意，月光下的曠野有古戰場的幻覺。

「迷人的夜。」我不會形容。

「迷人？」馬車夫辨味這個詞。

「迷人的月亮。」她向車夫解釋。

他把車篷卸落，又翻開座墊，取出來的似乎是手槍，卻不過是三塊巧克力。

「帶著什麼燕麥嗎？馬餓了。」我不知道馬是最喜歡吃什麼的。

「對不起，回去再餵牠。」

我走近，拍拍馬的脖子，全是水，是雨也是汗，沉默的朋友，人類嚼巧克力，牠挨餓。

「我們是造不完的孽，上帝不喜歡馬，喜歡羊，暴君，養馬是為了掠奪羊群。」她不忍看牠，低頭挽著我走向草地，鞋襪早已濕透，踐水漫步，童心來復。

我：「這是一個古戰場。」

她：「理查三世還是拿破崙。」

我：「最近拿破崙的那件灰大衣，賣到這樣的高價，真沒有意思。」

她：「不過，從一件穿舊的衣服上是可以想見⋯⋯」

我：「拿破崙蛻變為女人，未必完全是生理的事。」

她：「不，當他在生理上趨於女性時，心理上還是男性。亞歷山大則至少三分之一是女性。偉大的頭腦都是半雌雄的。」

我：「你的吳爾芙夫人總是有理，舉莎士比亞、托爾斯泰為例，男人女人都是半人，只有少數是全人。」

她：「他們才不像拿破崙那樣揮霍精力。他一天睡三小時，儘管巧克力吃得多，內分泌哪能不混亂——你該多睡些。」

我：「怕我變成女人。」

她：「那倒也好，你可以做第一個女哲學家。」

我：「那你還擔心什麼。」

她：「任何一種揮霍都導致悲慘，你該為自己積積德。」

我：「少說刻薄話，多吃巧克力。」

她：「你嫌甜，就喝巧克力茶。」

我：「一天五十杯。」

她：「蒙德索是相信了巧克力會帶來智慧，喝五十杯是一種瘋狂，墨西哥人自己先上自己的當，才會上西班牙壞蛋的當。」

我：「這是瑞士貨，馬車夫也許是巧克力間諜，座墊下藏有二十張配方！」

她：「你看你……」

我：「就因為你說我的刻薄是傷心激出來的，我才約你見面的啊。」

她：「那是當初啊，但是傷心也可以使人寬厚。」

馬車夫過來了……

我握住他的手：

「你擔心發生了謀殺案？」我把另一隻手放在他的闊肩上。

「你們談得很快樂，馬不跟我說一句話。」
「回家有說話的人嗎。」
「沒有……有，沒有了。」
「一部最濃縮的小說。」她讚賞馬車夫文筆之精鍊。
「我也是：有，沒有了，又有了。」我安慰他，文筆不及他。
「願你們永遠有。」他。
「快會沒有的。」我。
「為什麼？」他。
「『不行啊，先生，陷在泥坑裡啦。』」我學得很逼真。
「那是巧克力的泥坑。」她也不示弱。
三人相視而笑。
回吧——三人坐上自己的位置。
馬的蹄聲，車的輪聲，他的口哨聲，平時我們開車從未經過這一帶，只聽說是大片墓地，諒必是繞了遠路了，前方黑沉沉的林子，該是宅後的小崗。

「十九世紀還沒有這種紙菸。」她。

「但有你這樣的女人。」我。

「有你這樣的男人。」

「有他這樣的馬車夫。」

「有牠這樣的馬。」

「那時候的馬車可真是夢一樣地豪華優雅。」她。

「還是人生與舞臺分不清的時代。」我。

「今夜是一個仿古的夜。」

「說了一些仿古的話。」

「命運不要我們演下去的時候……」她。

「我們向命運鞠躬。」我。

「為什麼！」

「請它走開，我們自己會演。」

近家了，忽然變得急於結束這程拙劣的仿古的夜行。

下車，給車夫一張鈔票，擁抱了他。

並肩疾步上臺階，我掏鑰匙，她問：

「車錢？」

「一張。」

「一百元？」

「嗯哼。」

「怎麼？」

「月亮出來了！」

她雙手摟住我的脖子大笑，笑得我不能用鑰匙開門。

第一個美國朋友

我與美國人交朋友始於七歲，那時我患了某種呼吸道過敏性的病，住在「福音醫院」裡。院長是美國人，大家都叫他孟醫生，魁梧非凡，穿著白外衣，站在床前，使我這個小病人覺得他是一座雪山。聽說曾有病人大量失血，血型與孟醫生相同，為了搶時間，孟醫生輸給他很多血後喝下兩大罐牛奶，立即進行手術，第二天也不休息，精神飽滿地照常工作，大家都敬佩他的好心腸好體魄，我喜歡的是他頑皮的說笑，有趣的表情和動作。因為我非常貪玩，那些護士、護士長、醫生、役者，都不和我鬧，這白牆白窗白椅白桌白床白枕的頭等病房裡，就只我一個白色的囚徒。日子真難過，溜出去，走不遠就被捉回來，還向家裡告我的狀，真是個白地獄。我恨透了這充滿來沙爾味兒的空氣。唯有孟醫生笑著進房來時，我忘了自己是病人，他也忘了自己是醫生是院長，我認為他是巡視了許多病房之後，到我這兒來休息、散散心的，所以我理所當然地說個不停，動個不歇，隨從的醫生護士不敢阻止我，因為院長自己也說個不停動個不歇，建築積木，電動玩具，我在小教堂裡速寫來的牧師的漫畫像，我設計並製作的生日卡，同學和表兄弟的信和禮物，孟醫生都有和我一樣的興趣，給他吃家裡送來的點心，他都說好吃極了，要再一份帶給他夫人吃。我說：

「我沒有病！」

「那你為什麼到這裡來？」

「媽媽嫌我在家鬧，在學校也鬧，就把我關在這裡。」

「你母親沒有對我這樣說，不過，你是沒有病，這種過敏性的病，是特別聰明的孩子生的。」他又叮囑：

「每天，你一定要吃掉四隻香蕉。」

「為什麼一定要四隻，三隻行嗎？」

「不行，絕對不行，四隻，不吃四隻你的病不會好。」

「我已經好多了。」想早點出院，或少吃點香蕉。

「那你剛來時病得還要厲害嗎？」

「是的，現在可好多了！」

他撳我的鼻尖：

「嗯哼！你承認自己有病了，那就得每天吃四隻香蕉。」

我紅了臉，發覺上了這美國大個兒的當，也因為我想該生這種病，才是特別聰明的孩子啊。

孟醫生知道我很寂寞，每星期叫人送來一大堆畫報、旅行雜誌，我在床上漫遊全世界，看得真多，以致後來回學校時成了班上的博士。並且我能老老實實地吃香蕉，天哪，每天三匙麥精魚肝油，還有白的粉紅的藥片藥水，還非得吃這個原來就不大喜歡的香蕉，每當他查問：

「你這個星期一共吃了多少隻？」我得無愧地回答：

「每天四隻，一共二十八隻！」

他看著我的眼睛，表示滿意，如果我作弊，他會從我的眼珠子裡算出我少吃了幾隻。既然我是聰明的，就一定是誠實的、勇敢的，所以每天無論如何厭惡，也要消滅四隻鬼香蕉：

「上帝，看我已吃掉第三隻了，晚上我再吃第四隻，阿門。」

下午，凡天氣晴好，護士小姐推著兩輪的白色椅車，從四樓螺旋而下，經過大草坪，到樹木蔥蘢沒有花香的地方去，她連沒有香味的花也不許我接觸，怕花粉感染我。好看的護士是很會說笑的，難看的護士，她獃在一邊，我才不理她呢，命令她推我到那幢爬滿薜荔的房子的臺階邊，我叫：

「孟夫人，你好啊！」

「我來啦！院長太太。」

她會先開窗答應，然後開門來到我的雙輪椅前，說笑一陣，再招待我在小客廳裡喝茶，她用杏仁粉做的甜餅真是金黃色的，她自誇道：

「羅馬教皇吃的也不過是這樣的甜餅！」

我愈發滿意，回來時覺得坐在雙輪椅上活像一個教皇，只缺一頂甲殼蟲似的高帽子。

啊甲殼蟲！那僕役羅傑帶給我金龜子、蜻蜓、螳螂，護士一發現，就要沒收，理由是昆蟲很髒，渾身都是細菌，我趕快撲到窗口放手讓牠們飛走，我有翅膀也早就飛走了。護士很奇怪我房裡怎會時常出現昆蟲，我說牠們是從我家花園裡飛來看我的，因為是老朋友，我叫姊姊告訴牠們我住在幾號病房。

星期天，護士送我上醫院內部的小教堂做禮拜，唱讚美詩是很樂意的，聽講道是受難，最後，奉獻，那位黑衣小姐，將一端裝有布袋的長竿，像釣魚似的在人頭上移來移去，大家把錢幣投入袋裡，我也掏出錢幣，外加一隻大甲蟲，用手帕包了，扔進奉獻袋裡——晚上值班的護士來房門口，背著手張張望望，然後問我上午是否去做禮拜，我說去了。

「你奉獻了什麼？」

「大約五毛錢。」

「還有什麼？」

我不響。她的手從背後轉到前面，給我看一條白手帕。

「這是你的嗎？」

「是的，我包了一隻甲蟲，奉獻給上帝。」

「這樣對嗎？」

「對的，錢、手帕、甲蟲，都是上帝創造的，我獻給上帝。」

「你嚇著羅莎麗小姐了，她打開時，幾乎昏過去！」

我笑，我成功！

「下次不可以再奉獻甲蟲。」

「是的，下次不奉獻甲蟲，奉獻青蛙可以嗎？」

「不行！」

「老鼠、小白鼠可以吧？」

「別胡鬧，你只要把錢幣投在奉獻袋裡就好了。」

「上帝喜歡錢幣，別的都不喜歡？」

護士轉身，悻悻地走了。我把手帕扔進廢物桶裡，想起手帕角上繡著我的名字，又笑了，還是慶祝成功！下次該換點什麼好東西。不料從此護士不來送我上教堂了，我向孟醫生控告她們的無理，也承認我奉獻了大甲蟲，也起誓不再嚇唬羅莎麗小姐。結果，很好，護士又恭恭敬敬推車送我去做禮拜。孟醫生給我一本《昆蟲學家法布爾》，裡面都是昆蟲，那草帽上爬著大蚱蜢的是我第一個法國朋友。

某夜，我又鬧事——在窗口望月亮，那月亮的邊緣很明顯的十字光芒是我發現的，當然知道這是什麼意思，我像聖靈附身，奔去告訴護士小姐，一傳二，二傳三，頭等病房區的寧靜碎了，我成了天空的哥倫布，是我第一個看見的，然後大家都看見了這十字光芒，護士們圍上來爭著擁抱我，凡能下床的病人都開門出來要見見我這位小先知，我全身榮光，得意了一刻鐘也不滿，有人從廁所裡出來，揭穿了這個神祕現象，廁所裡有一扇窗子的鐵窗紗破落了，月亮就沒有十字光芒。

我就此灰掉，再也不是小先知、天空哥倫布。萎癟癟地回房關了門，發誓不再隔著鐵窗紗望月亮，見鬼去吧，如果廁所裡的鐵窗紗不壞，我至少可以得意一夜，說不定明天清早教堂鐘聲特地為我而大鳴呢。

那幾天我躲在房裡盡翻書，寂寞的時候就想吃好吃的東西，在家裡，廚師把三天排一次的菜單先呈母親，姊姊也是要看的，最後總是笑著徇從我。來到醫院，老是遇上我不愛吃的勞什子，我把彩色的紙片剪成小三角，寫個「謝謝你」，黏在護士們用以捲棉花的牙籤上，插進這些不愛吃的食物中心。羅傑來收餐盤，問

「為什麼？」我說：「拿走，廚師會知道。」不料一會兒那廚師上樓來按我的門鈴，畢恭畢敬地問我的愛好和習慣，我哪裡就說得明白，倒麻煩了，便道：

「院長吃什麼，我也吃什麼。」

廚師連聲允承退去。羅傑再來時，我得意地對他說了，他搖頭：「不行不行，孟醫生吃得很簡單，所以廚師滿口答應，快改了，改照護士長培蒂小姐一樣，她才講究，又好吃又好看，不過你得寫個字條，簽個名，我好拿去跟廚師講。」這個字條很容易，我簽了個大大的名，果然從此每天每頓都有新花樣，吃不了，留一半給羅傑，他來收餐盤時，我守門，他速速地吞掉，我們是同謀者，有一種默契的快樂。

但醫院裡這樣大的寂寞還是衝不破的，頭等病房區特別死靜，我說把鋼琴放在房裡，孟醫生不同意，上教堂或到他家去練琴，他也不許可，理由是：「我相信你會按時打開琴蓋，不相信你會按時把琴蓋放落，對你的病不利。」大概為了補償我的失望，孟醫生送來更多的書，還以電話問我：

「在做什麼？」

「看書啊。」

「好看嗎？」

「很好看，看完了。」

「要慢慢看啊。」

「第三遍了，不想看了。」

於是又來了一批書，昆蟲、魚類、飛禽、走獸……我的病房成了挪亞的方舟，然而我最喜歡的還是旅行雜誌，凝視一會，閉上眼，我能進入那景物裡去，走呀走呀，走不下去了，便睜眼看另一個畫面，又閉上眼，又可以走一陣子。

我和米老鼠、白雪公主、七個矮老人，也早就認識，我會畫米老鼠的妹妹，還會畫第八個矮老人，那阿八的臉是照孟醫生的臉變出來的，孟醫生真聰明，他知道是他，非常高興，因為仍舊穿著白外衣，戴著聽筒，公主家本來就缺一個家庭醫生。他要我另外畫一張大的，好掛在客廳裡，我畫了，他說畫得比小的還要好，請我在角上簽個名，就簽了，乘他高興，快問：

「孟醫生，我什麼時候好出院？」

他在想，有希望了……他說：

「請你母親來，你得動手術，割掉扁桃腺，她同意簽字才好。」

糟了！白吃那麼多香蕉，結果還得割扁桃腺——我掙扎：

「不！不要手術，我不是很好嗎，完全好了，長久不喘了。」

「天氣一變，一累，你還是要喘的。你要相信我，割了扁桃腺，將來就可放心地打網球、高爾夫。」

母親憂心忡忡地來了，孟醫生和她在另外一間屋裡談了很久，回房告訴我，已經簽了字，我傷心得癱在床上，不哭，恨這個大個子美國人，他騙我吃那麼多的藥、香蕉、魚肝油，還要割掉我喉嚨口的兩塊肉。

七歲的孩子也幾夜睡不好覺，母親嘴上安慰我鼓勵我，我看得出她突然瘦了，她比我還憂愁，因為她簽了字。

一九三四年，在美國人辦的第一流醫院中，做割除扁桃腺這樣的小手術，竟需要全身麻醉，而且中途發電廠停了電，再由醫院自行發電，追上麻醉，才繼續做手術，我的悲慘遭遇一至於此。

母親知道這個手術過程至多是兩個小時，挨到第三個小時還不見我出手術室，她暈倒了，急救甦醒後，護士騙她說我已平安回房，母親掙脫護士的按捺，踉蹌撲回房去，推門不見我的人影，她又昏厥在門邊……

我呢，一上手術檯就被橡皮帶緊緊縛住四肢，哥羅方難聞的氣味直衝腦門，馬達在響，我閉著的眼看見一片青草地旋轉旋轉，有扇淡白的門開了，老婆婆的模糊的臉……青草變黃，旋轉愈快，愈大，無邊……我聽見吼叫，一點不知道這就是自己在吼叫……沒有聲音……一點點，一點點地恢復知覺，眼皮重如千鈞，整個身體沒有一處可動，熱極了熱極了，發不出聲音……知道有人在旁邊，說話，很遠很遠，不知道我熱死了，我要小便……都是自私的，惡棍，笨蛋，全不知把被子掀開，我熱死了，多可憐，我是死屍……

一天一夜後，才能勉強動用四肢，吐出許多瘀血，小便壺裡一塊塊乳黃的凝聚物，脖子上圍著冰囊，肚子餓，給點葡萄汁，噝時喉嚨奇痛。看見腕上臂上腳踝上被橡皮帶勒出來的一棱棱紫血痕，才知道我怎樣劇烈地掙扎過，手指觸及還這樣的炙痛。

當孟醫生輕輕走到床邊，撫摩我的臉時，我狠勁瞪了他一眼，把他毛茸茸的大手揮開，他俯在我耳邊低聲說：

「親愛的朋友，別生氣，原諒我吧！」

我不原諒，不能說話，猛地伸手把床頭几上的一疊畫報推倒，嘩啦啦的聲音，使我心裡好受。母親向孟醫生道歉了。院長說：

「不不，孩子恨我是對的，他不原諒我是對的，我沒有想到發電廠會出故障，我是應該考慮到萬一的。」

「不是發電廠，是你！」我在心裡駁斥他，聲帶不起作用，我又恨聲帶，可恨的太多了。

出院前夕，孟醫生和夫人親自來病房邀請母親和我去他家晚餐，為的是請求我的寬恕。母親早就苦苦勸告我不能錯怪院長，我不以為她的話有理，而是想到母親兩次昏厥，就聽從了她，同意去院長家——到了門口的臺階上，母親還要問：

「等會兒你怎樣說？」

我抿唇一笑。母親不放心：

「說呀，先說給我聽聽！」

我說：「請原諒我沒有禮貌。」

我還不能吃硬的韌的東西，院長夫人特備了鬆軟可口的多種美味。

孟醫生說：

「祝賀你要回家了，你能寬恕我嗎？親愛的朋友！」

「請你原諒我沒有禮貌——請問為什麼你要用繩子把我綁起來？」我突然發怒了。

「那是醫學上的需要，每個接受手術的病人都要固定四肢。」

「別人是別人，我是你的朋友，你怎麼可以把朋友綁起來？」

母親用目光阻止我說話。

孟醫生問：

「那你說我該怎樣對待你才稱你的心呢？」

「只要告訴我，躺著，不要動，我決不動！」

「是的，這很好，但人在半昏迷中會不聽別人的話也不聽自己的話的呀？」

「不，我不會這樣，我命令自己不動，再難受也不動！」

院長夫人藹然地笑了，母親也愛憐地笑了，忽然我發覺她們是笑我傻氣。

我正要申辯，孟醫生說：

「我相信。你是誠實的、勇敢的，所以我再一次認錯，你能寬恕我嗎？」

「如果你下次不再綁我，我原諒你！」

「祝你健康，你不用再一次割扁桃腺了。」

三人的笑聲中我又發現自己說錯了話，從上風落入下風，臉頰躁熱。

還是孟醫生知道我受不了，他斂笑對母親說：

「聰明誠實勇敢的孩子，夫人，你是幸福的！」

他蹲身擁抱我，吻我的脖子，又對母親說：

「你的兒子什麼都不缺，就缺健康，有了健康，他什麼都會有的。」

母親記住了這點，她對我的功課、交友、支錢，從來不過問、不干涉。如果我任性於飲食、寒暖、作息，有礙健康時，她會說：「孟醫生近來不知怎樣了！」

後來我才知道人體的扁桃腺不應該割除，它倒是健康的守門員、報警者，但是本世紀三十年代四十年代，竟誤以為去了它，大有好處，這種醫學醫理上的錯誤，不是我所能原諒的。必然，後來孟醫生也知道他在我的喉嚨裡犯了不可挽回的罪過。二次大戰衝得我們誰也不知誰的通訊處，否則他一定會求我重新寬恕。我知道，我寬恕了他，他也不能寬恕自己——無知使我們犯罪，而知識又是無底無盡頭，這是我長大後漸漸明白的。我也曾想：物理學上常有被否定的東西後來又被肯定，扁桃腺的割除會不會又被承認是有利於健康的呢——我不是比小時候強壯得多了嗎？

孟醫生是我第一個美國朋友，從此就不聞消息。那「福音醫院」，二十年後我曾去看過，不像那時的大，那時的白，院長早已換了別人，我走到門口小立即去，不算是舊地重遊。在迪士尼樂園看到米老鼠和白雪公主一家，我強烈地想起這段友情。在世界各地遊覽時，處處有似曾相識之感，因為在我的朋友給我的旅行雜誌中早就一一見過，兒時的印象特別深切。

母親、孟醫生，都不在世上了。我雖然得到了健康，別的卻是至今什麼也沒有得到，曾為我如此憂愁如此焦急的寵愛我的人，都已安息——那時我只七歲，不知道自己是一個不值得憂愁、焦急、寵愛的人，所以才這樣的任性，這樣的快樂。

壽衣

陳媽又喝醉了，廚房裡傳出陣陣笑聲。

「……繞腳的苦，苦呀未真苦惱，從小呀唉苦起呀啊苦也未苦到老，不唉作孽啊來不唉不作喔惡……」

又唱又笑，從來沒有聽見她唱別的曲子，只會唱這「繞腳苦」。

「繞腳」就是「纏足」。陳媽的腳是纏過的，不很成功，在真正的小腳隊裡，她是算大腳的。可是蹠趾都已畸形，這是一種嚴重的內傷。終日立在廚房裡料理食事，全身重量由兩個畸形的腳骨承受，平時尚能支撐，每逢天陰，還潮的日子，她會向我訴苦：

「立不牢了，腳痛啊！」

我是個小男孩，體會不到繞腳的苦，也不知她的立不牢是什麼感覺。奇怪的是除了腳痛忍不住要訴苦，其他的苦似乎都是忍得住的。

陳媽很早就來我家做傭，是專職的廚娘。我記得她那時候的樣子，黑鞋白襪，黑褲淡藍上衣。在江南一帶的鄉間，黑稱為玄，淡藍叫月白，簡明順口說來：月白布衫玄色褲。這是鄉下女人的「出客」打扮了。洗乾淨，穿端正，中等身材不胖不瘦，一張長圓型的淡黃的臉——母親要她就此留下，不必擇日上工了；她原也挽著個布包，諒想就此落腳正是她的願望。

當時的農村婦女，即使不逢天災人禍，也有不少到城鎮上來做奶媽女傭的。按例先要進「薦頭店」，店主就只口頭問問來歷，便命一旁靜候。聰明點的農婦會把頭髮掠光，衣裳鞋襪弄乾淨，並足端坐，悄無聲息，或低頭衲著鞋底。這類容易為雇主選中，除非是太老瘠了的。蠢婦則衣履不整，坐立不安，有的還架起二郎腿，赤嘴白舌地拉扯不停，怪人家不識貨，揚言明天不來了，翌日的店堂裡，又全是她的嘰喳聲。

陳媽是薦頭店老闆娘引來的，母親問了她的景況，出來做傭的原因，長做還是短做——農村裡常有受不了公婆丈夫的虐待而逃亡出來的女人，臨了還是被偵悉而捉回去的。陳媽沒有這類前嫌和後患，一心長做。

談完之後，母親說：

「陳大娘，以後我們都叫你陳媽。廚房裡你主管，第一要清爽，燒菜好學的，火燭特別要小心。丫頭們不聽話，你要叫她們服你，實在服不了，才來告訴。」

在終年平靜得像深山古寺一樣的老城舊家，來個新傭人，也算是一幕戲，吸引我和姊姊挨攏去看看聽聽，母親很重視孩子的單純直覺的眼光，悄悄問：

「你們看怎麼樣？」

如果我們點點頭，對於應試者的錄取往往有作用。如果後來證明受雇者確實行事有方，忠信得力，母親會高興地稱讚我們的點頭點對了。並鼓勵道：

「要學，學會識人！」

不僅是女傭男僕，凡是將要參與我家生活的外來者，管家、司帳、教師、繡娘、裁縫，姊姊和我都可說話。對於小孩子，覺得忽然有機會權衡成人，便十分開心，十分認真，也時常鬧點笑話，因為我們畢竟只懂得以貌取人。

陳媽掌廚，只會做最普通的家常菜，好在潔淨仔細。每晚循例上樓來請示翌日主菜，我和姊姊報出來的品名常有使她茫然不明究竟者，母親耐心解說配料、調味、火候等烹飪程序，陳媽瞅霎著眼，苦苦領會牢牢記住，明日中午菜上桌來，我和姊姊笑得噴了飯，掉了筷子——陳媽滿臉通紅，淚汪汪地扎煞著雙手……好在菜目多，不吃這便吃那，而且似乎甘願吃不到自己點的菜，這種笑料倒不可少。

斷斷續續笑了一個月，陳媽的烹調日漸上譜，母親當著我們的面，誇獎道：

「你們只知吃只知笑，不知陳媽是花過心思下過功夫的哩，看她人也瘦了一大截！」

她在此一月中緊張非凡，從其他傭僕那裡探聽我們的口味、偏嗜，做菜時採用了一種折衷調和法，另一種少量專備法。我們只覺得正常、滿意，誰知她在暗中揣摩用心。母親是明瞭的，不急於表彰，月底加了她的工錢。說：

「你要當心別累壞了身體，只要你不想離開我家就不會讓你離開的。」

餐罷我在迴廊閒踱步，聽見兩個丫頭一邊收碗筷一邊取笑陳媽：

「哭什麼，今天是你的好日子。」

「陳媽這碗飯可以吃到八十歲了。」

陳媽在笑啐丫頭時露了一句：

「我死也死在這裡。」

一年後，陳媽臉上的黃翳蛻去了，顯得白胖起來。東家主母信任她，小姐給她編結絨線衣，丫頭們個個言聽計從，本來我是從不去廚房玩的，現在常會折入，站在矮矮的飯桌邊看她們吃飯，吃飯有什麼可看？是看陳媽喝酒，每逢有紅燒大鯽魚的日子，在我們餐桌上規矩很嚴，魚頭是整個剩下的，因為怕露出不雅的吃相，發出難聽的咂嘴聲，其實鯽魚的頭是非常腴美的，陳媽尤嗜此物，端回廚房，她便叫丫頭上街沽酒。架櫥裡地窖裡有的是黃白佳釀，她非得自己花錢去店家買了酒來，零錢賞給丫頭，心安理得地獨酌，細細品味魚頭。喝到半醉，平時兢兢業業不苟言笑的人，自然而然唱起來，正式成調的無非是一曲「繞腳苦」，不知她從何學來。她唱此曲時，倒並不是雙腳痛得立不牢的當兒，所以唱唱、笑笑。啜一口高粱，嘗一筷魚頭，我站著呆看呆聽，應和著傻笑——作為小主人家，不作興在廚房裡坐下來的，也正好母親在樓上歇午，教師在庭心散步，我才敢待在廚房裡逗陳媽玩。她學街坊小販的叫賣尤其傳神，童子的，蒼頭的，腔調韻味俱佳，例如：

「子薑嗯醬茄子醬唉蘿蔔呵……」

清越嘹亮，想起夏日的傍晚，家家在門口的場上灑一遍水，擺開小凳矮桌，大缸的綠豆稀飯，涼在晚風裡……賣醬菜的少年販子，斜一肩，背個藤編的長方筐，內裝各式甜酸鹹辣醬菜，三個五個銅元買幾樣，隨即聚而佐食。

「火肉呵粽嗯子喔，豬油夾沙唉粽嗯子喔……」

那是冬天的深夜，已近三更天了，還有賣粽子的老頭在風雪中聲聲吆喊，背的是一只腰圓形的汙黑深口的木桶，上覆破棉襖，以保粽子的溫熱。萬籟俱寂，黝暗的長巷小街，每夜有賣粽人喊過來了……喊過去了——深夜裡吃這種點心的多半是通宵賭博者，或看夜戲歸來的人，再就是夤夜活動的不規不法的男女。

陳媽還能學賣梨膏糖的「轟呀轟子轟呵，勿吃格肚皮痛哨」，再者「生鐵喔補鑊子呵」、「修洋傘補套鞋」。也都惟妙惟肖，此中有人。而她似乎嫌前者太滑稽，後者又太平淡，不多採用。

她大概是天性近音樂，抽空便來站在窗下聽琴聲，有一次我招招手，她滿臉憨笑地躡進來，我問：

「你說哪一種琴好聽？」

她認真地想了想，說：

「我看還是風琴最好聽。」

「為什麼？」

「聲音拖得長，像人唱，像歎氣。」

我很高興她說得自有道理，便依照她唱的音調在風琴上彈了幾段。

她完全想不到那「繞腳苦」、「子薑醬茄子」、「火肉粽子」可以在琴上按出來。她要求再來一遍——凝神聽了，問道：

「裡頭有人嗎？」我搖搖頭。

「那怎麼會呢？」

「你可以去燒夜飯了。」

男僕們聚在一起竊竊私語，我走近：

「你們明白地說，發生了什麼事？」

「陳媽的老公，闖到廚房裡，我們打了他。」

「陳媽呢？」

「在外廳，和她老公在外廳。」

陳媽初來時自稱是孤女，也沒公婆，死了丈夫才出來幫傭的。

男僕們說陳媽一見丈夫便瑟瑟發抖，那男的已很老，右手右腳都瘸了的，出言橫蠻，賴在灶邊不肯走，挨了幾拳，才退出廚房，但揪住陳媽的衣襟就是不放——這是陳媽的第三個丈夫。

第一個是童養媳年代便夭折的，受不了公公的猥褻，婆婆的打罵，她逃，討過飯，還是想死，從橋上跳下去，橋腳下的一個摸蟹人，把她拖上岸，那人便成了第二個丈夫，去年發大水，他在搶修堤壩時，坍方淹斃——是那瘸子出錢買棺成殮，事前講定，事後，她便歸瘸子所有，全不知那瘸子是個賊，在外地行竊被打壞了手腳，換窩來到他們的鄉間。她只知這個殘廢者，心是好的，能在自己束手無策，鄉鄰也幫不了一點忙的絕境中，肯為她盡這份力；不說是賣身，只說是用再嫁的辦法，來替救過她命的人作了入土為安之計。她不知其二的是，瘸子並非要個妻子來成家，是看陳媽長相不錯，算盤打到了城裡，要帶她到城裡來，做暗娼。他手腳既壞，改行，坐享其成了——也不是瘸子忽發奇想，那時候，大小城鎮多的是一夫一妻的小妓院，俗稱「半開門」。瘸子本來就是此類嫖客，他看得多，抓住那死了丈夫沒法營葬的弱女子，如法炮製——男僕們怎會對陳媽的來歷瞭如指掌，原來是一個綽號「老實頭」的中年男僕，暗地裡有情於陳媽，他自以為稱心如意，陳媽卻毫不動心。「老實頭」奇怪了，認定其中必有蹊蹺，便用心四下打聽，積累了陳媽的前科詳情。「老實頭」在痛苦中難免要洩漏一點給別人聽，這一點，那一點，長期下來，男僕們都清了陳媽的底。所以那瘸子闖入廚房，大家心想：早知你什麼貨色了，此時不打更待何時，要不是陳媽哭求，也許就此打個半死。男僕們取笑「老實頭」：

「你倒不動手，我們是為你出出氣哪！」

窘得他一臉赧色，躲回臥房去了。

陳媽被瘸子纏住在外廳回不轉來。這種夫妻間的事母親是不欲輕易過問的，我也難於出面干涉，希望男僕中有人仗義，然而他們也覺得沒法插嘴，怕我出了主意，倒不好意思違命，一個個搭訕著走散。

其實當時我出不了主意，獨自行到外廳的退堂——陳媽幽幽的哭，瘸子粗嗄的嗓音咕嚕不停；要錢，不然人回去，翻來覆去就是這個意思——我得去書房應課。

老師子曰詩云地講了一陣，忽然問：

「什麼事？嗯？」

「沒什麼。」

「什麼事分了心？」

我簡述了陳媽的不幸，希望有人去解圍，老師蒼涼地接道：

「這是前世事，要管得早在前世管！」

真不知老夫子在說些什麼。我隱然明白老師、男僕都是自私，不是什麼近人情通世故。一忽兒我原諒母親和我是限於身分，不能出場，一忽兒又怪母親不命令別人去援救陳媽，也恨自己沒有勇氣沒有口才去驅逐那瘸子。

除了胡思亂想，我什麼也沒有做。

晚上男僕們又在談：一年多積蓄下來的工錢，全被瘸子刮走了。

陳媽終日陰霾滿面地忙這忙那，端菜上桌時偶然目光相遇，好像是個陌生人。某夜，我揣了兩包栗酥去廚房，四下無人，她接了栗酥哭著說：

「我實在沒法子了，只好瞞你們，太太面前你要幫我說啊……我……」

「說了，都不怪你，你不要這樣怕那個人。」

「如果不給他這些錢，他要翻掉墳，要開棺拆屍——死的一個，可是好人啊！」

此後，每到月初，瘸子來了，陳媽慌張顫抖，到外廳去受磨難，錢當然是如數交出，瘸子嫌少，不肯走。一個丫頭偷聽來的是：那老賊教唆陳媽偷東西，陳媽罵了起來，瘸子揪住髮髻，將她的頭連連撞在牆壁上——我稟告母親，母親說：

「這樣，陳媽的工錢，另外發，每月給瘸子的，叫他到帳房去領。你告訴帳房先生，瘸子來時，說是我吩咐的，就這點錢，要多，到警察局去拿，已經給他掛好號了。」

非常靈驗，瘸子從此癟掉了，陳媽也不必離開廚房。瘸子在外廳死等，「老實頭」會出去厲聲說：

「想在這裡過夜麼？我帶你先去看看有什麼值錢的東西。」

「老實頭」愈來愈不老實了。

陳媽又叫丫頭沽酒，吃魚頭，唱「繞腳苦」。我不像以前那樣常去廚房了，大概自己的年齡在增長，興趣在轉化。我是無能的，陳媽有母親、「老實頭」的庇護就好。

可是一個少年人，能有多大見識，我竟做了一件錯事，是針對陳媽的一件錯事：

那時代，江南水鄉的城鎮，每到下午，寂寞得癱瘓了似的，早上是農民集市、茶館、點心鋪子、魚行、肉店，到處黑簇簇的人頭攢動，聲音嘈雜得像是出了什麼奇案，近午就逐漸散淡了。一直要到黃昏，才又是另外一種熱鬧開始，油坊、冶坊、刨煙作場的工人滿街走，買醉尋釁，呼么喝六……而午後到傍晚這一長段辰光，卻是店家生意寥落，夥計伏在櫃檯角上打瞌睆，長街行人稀少，走江湖的算命瞎子，斜背三弦，單手敲著小銅磬，一聲聲悠緩的「叮……叮……」，使人興起欲知一生禍福的好奇心。

那天，母親去外婆家議事，一夥表姊妹兄弟來我家玩，不亦樂乎之際聽到瞎子的銅磬聲，我說：

「我們也算算命？」

這是違反家規的，母親向來不許九流三教之徒上門，我們也從不相信神鬼，於是這個突發性的提議，轉化為如何捉弄瞎子，設計是很妙的：

「這樣，瞎子走進一廳又一廳，自然知道這是大戶人家，我們扶陳媽出來，叫她『奶奶』、『外婆』。瞎子一聽是大戶人家的老太太要算命，當然會說許多好話，那就有得聽有得笑了，讓陳媽也樂一陣。」

表兄弟姊妹們一致認為好主意，瞎子必定上當，以此證明算命純粹是江湖訣、騙人。

於是一邊去請瞎子，一邊去遊說陳媽，陳媽不肯，還得我去哄她出場。她說：

「我這苦命人不算也苦算也苦，還算什麼！」

「以後會有好運道的。你聽聽也就不叫腳痛了。」

她果然心動，我乘勢關照：

「我們騙騙瞎子，叫你『奶奶』、『外婆』，你可別拆穿西洋鏡呵。」

「這要折殺我了，我怎好做奶奶、外婆。」

她笑著跟我走，一夥人前呼後擁。攙扶陳媽出堂來。

堂上已端坐著一個瘦伶仃的戴墨鏡的瞎子，手抱細長的三弦，

小表弟衝口問道：

「你是真瞎子假瞎子？」

「少爺，出門人憑的是天地良心，我從小盲眼，不然也不做這個行當了。」說著，一手持琴一手脫下墨鏡，果然是雙目嚴閉，

眢得細縫也幾乎沒有了。

「奶奶，您當心門檻！」

「奶奶，您渴不渴，我去拿參湯來！」

「您坐這兒，外婆，這墊子軟！」

陳媽呵呵地笑，她守信不加否認。

大家一步步走在成功的路上，興奮得緊緊屏住氣，只等瞎子吞鉤。

陳媽報了生辰八字。

瞎子凝神掐指，久不作聲，像是睡著了。

不知誰大聲咳嗽，意在敦促瞎子開腔。

瞎子橫放三弦於膝上，悠悠問道：

「少爺，小姐——老太太可是記錯了生辰八字？」

大家看陳媽？陳媽說：

「就是這樣，沒記錯。」

瞎子淡淡的眉毛，蹙攏又鬆開，平靜地宣稱：

「那，我不算了……勞駕哪一位領我出去。」

大家愣住，怎麼回事？我們豈非完全失敗！

我不甘心就此放走瞎子，決然道：

「你儘管算來，是什麼，說什麼，除非你不會算命！」

瞎子有幾分慍色：

「如果不是老太太的八字，是府上的傭人的八字，差不多。我算！」

陳媽臉色大變，我則騎虎難下，執迷不悟：

「就算『差不多』，你且講來！」

瞎子扶起三弦，叮叮咚咚，連說帶唱：

「早年喪父母，孤女沒兄弟，三次嫁人，剋死二夫。一夫尚在，如狼似虎，兩造命兇，才得共度。命無子息，勞碌終生。為人清白，忠心耿耿。雖有貴人相助，奈多小人捉弄，死裡逃生……過得了六十大關再算命。」——唱幾句，解說一番，磊磊歷歷，就像是親眼目睹，說到中途，陳媽已泣不成聲，最後弦聲乍歇，陳媽踉踉蹌蹌奔出廳堂，回廚房號啕大哭。

我們一夥少年男女惶惶不知所措，瞎子忍不住而索錢了，才意識到應該趕快結束這場噩夢。

後來想隱瞞卻隱瞞不了，母親大怒：「你還是年幼無知麼？竟作起孽來，叫我有什麼臉面見陳媽？」

抗日戰爭爆發，烽火連天，形勢一日三變，故鄉即將淪陷，逼得我們離家逃難。母親對陳媽做了周詳的囑咐，臨了說：

「不是扔下你不管，這個老家，要你守了。我們能回來，當然就回來。你是個女人，又不識字，所以請了舅爺來當家。好的、對的，你就聽，就照做。若是出了什麼不像話的事，你要頂住、記住。和帳房先生多商量，他會來看我們的。『老實頭』，靠得住，已經到了這種時候了，不要怕難為情，凡事問問他也是可以的。」然後把所有箱籠櫥櫃的大把鑰匙交給了她——陳媽哭得人也站不直了，只是聲聲允承，說：

「我頂……好在那惡鬼已死掉了。」

其時那瘸子確已病故。陳媽這句話倒不是指她自己的安全，而是顧全到這個託付給她的「家」不致受瘸子的禍害。

避難在外鄉，一地稍熟，又換了生地。此時才知道，單是吃，有多少麻煩，沒有爐灶的住所，只能吃「包飯」，那是由飯店送上門來的東西，質差量少得出奇，又都是冰涼的。回想在家時每餐肴漿羅列，舉箸隨意——陳媽怎樣了？她也在……其實那時她已經離開老家了。

且說當時離家的決策中，請舅父來主持家政，恐多瓜葛是非，言明不帶眷屬。帳房先生全力輔弼，教師說是辭退，但供半薪，作為社交的顧問兼文書。陳媽是庶務總管，怎奈一個村婦，憑一顆良心，如若在同舟共濟平安無事的情況下，她還能勝任，全不料舅父將舅母、表兄妹，連同舅母的妹妹一家人，都搬進我家，八仙桌，每頓兩桌，陳媽供應不迭，日夜挨罵。帳房先生已在舅父的行賄許願中暈頭轉向，通同舞弊，如膏似漆——這批人的共同願望是：避難在外者早早罹難，客死他鄉，一乾二淨。

陳媽看到的是家中人口紛紛，日夜消耗存糧宿酒，卻不明偽造帳目，侵吞銀款，狼狽為奸的種種勾當。戰時本來已是一片混亂，地痞、流氓、漢奸、鬼子，到處敲竹槓，派捐稅，彼落此起。那狼狽二人，付五百，報一千，巧立名目，查無實據，誰能記得準偵得明。舅父腦滿腸肥，從我家發了國難財了。帳房先生隨之私囊中飽，自詡得計。每次來外地給我們送接濟時，把舅爺說得如何日夜劬勞，謹守家園，繼而大罵鬼子漢奸的苛捐雜稅的難對付，言下功莫大焉，他當然是清廉守職，疲於奔命的大忠臣了。問及陳媽，則說：老得快，常生病，看來不久長了！這是一道伏筆，他們要她死，死無對證——果然舅母展施高招了，舅母是由陳媽服侍盥沐梳頭的，一日當了陳媽和兩個丫頭的面，洗手時脫下金鐲，放在面盆裡，趁人轉背之際，速取金鐲入袋。陳媽端了面盆出房倒水回來，正要梳頭，舅母舉手撩髮，驚中叫：

「鐲子呢？」

丫頭說：

「剛才看見舅太太脫在面盆裡的！」

陳媽說：

「我也看見的——我倒臉水時沒有啊！」她怕眼花有失，急急出房察看，那陰溝下水口設有小孔的蓋板，根本漏不下鐲子。

頓時全宅鼎沸：陳媽偷了舅太太的金鐲子！

她發誓賭咒，托人去卜卦、測字，鬧到第二天早上，她忽然明白：這是蓄意陷害，兩條路，一條是死，一條是出走——明白了，倒也心定了。

她有自己的一份聰明和勇氣，反過來警告：

「頭頂三尺有神明，冤枉我，是為點啥？我懂！東家太太回來，我一五一十講，你們趕我走，我爬也要爬去見主人家，要死，也得清清白白死！」

這一下可直刺狼心，舅父發了狠，扔一條麻繩一把刀在陳媽腳下，大吼道：

「不交出金鐲子，兩樣東西隨你揀！」

那夜，陳媽後來哭訴說：她想來想去，只好對不住老東家了。夜半人靜，她把麻繩和刀塞入小閣樓緊底，收拾了個衣包，被子也不拿。叫起「老實頭」把那大把鑰匙託付給他，求他開花園的後門，放她活路。她說：留得了命就好見我們的面，這城裡是不能存身的，一是他們要搜尋，弄死在外面不是更稱他們的心嗎？二是她不能坍我們的臺，被人說某家的廚娘燒了半世飯成了討飯叫化子。她便躲躲逃逃，到了隔省的小城裡，夜宿祠堂角，日間在街頭為人縫補衣裳，托襪底，沒有生意時，便敲個小木魚，席地念「心經」，過路人看到她確是在風裡太陽地裡一句句念，一個個點紅印子。吃長素？那還吃什麼呢。所以都認為這種經卷是值得買去燒給祖宗的——她說到自己會想法子活下去，似乎得意起來，居然對我一笑：

「本來我去叫賣醬茄子，火肉粽子，也是來事的，小腳，走不了多少路哪。」

不料我流下眼淚來，她趕緊扯開，大聲改言道：

「那辰光，我倒不怕活不長，是怕被人認出來，我天天戴頂包帽，還討了副眼鏡套上，不三不四，有人當我是識字的，要我讀信呢。」

說著，真的掏出一副舊得不堪的眼鏡來顫顫地架上兩耳，拉長臉，張大眼睛，朝我笑……

我是被逗笑了。

母親嗔道：

「好了，陳媽，瘋瘋癲癲的。快去煎藥，要天天吃，阿膠沖得薄點，這是葷的，你已經開葷了，到明年再吃素吧。飯菜呢，有替工來，你歇著。閒得慌了，就來看打牌，你不是會打牌的麼？」

陳媽不服，她依然當廚。畢竟衰弱了，時不時見她坐在竹椅上，脫了鞋，揉搓她的腳。

有時喝點酒，不聲不響——許多事我們以為過去了會再來，其實是不來了。

我們回家之前，母親已摸清舅父他們的為非作歹，那「老實頭」真不是傻瓜，放走陳媽之後，他就打聽我們究竟避難在何方，終於被他偷得了一只我們寄回家去的信封，他輾轉問詢，穿省過縣，花了半個月，找到了，把那大把鑰匙呈給了母親。平日裡舅父和帳房先生只防陳媽，不防「老實頭」，他所知甚多，畢竟是男人，道來頗得要領，母親再加以推理想像，一切了然胸中，勢在必解這個危機，方可作長期避難之計，於是決心來個冒險，不宣而戰地突然歸返故里了。

記得那時我們乘船深夜到埠，速速進門，正廳燈火驟明，從夢中驚起的舅父慌得衣紐扣錯，嘴唇發抖，帳房先生披著長衫，兩手不及入袖，只穿了一隻襪。

母親坐在中央的大椅上，對舅父說：

「你們今夜也不用睡了，明天一早，兩八仙桌的人統統滾出去！」

對帳房先生說：

「你，走不了，養你到抗戰勝利，再算帳。」

陳媽也是由「老實頭」去尋回來的，她曾托人帶口信給他，說：只要問街上有個念經的女人就知道了。那天清早，我們還沒起床，丫頭來報，陳媽到了，穿得整整齊齊的，也不說也不哭，撲在板桌上動也不動。母親叫丫頭拿瓶葡萄酒去，還有外地帶來的燻魚。不許我和姊姊去打擾她。直到黃昏，她挾著一個包，上樓來，先是一弓腰稱呼了我們，說說，停停，然後滔滔不絕起來，說到中途，把那包打開——油膩的麻繩、鏽黃的砧刀……她隨即收起，加了一句：

「我也是惡的，留著這個做什麼。」

從此她保持了吃素念經的習慣，白天，空下來就坐在灶口念，夜靜了，怕擾人，躲到花園的亭子裡去念。二更敲過，問問丫頭，說還沒回房，母親命她們去喚陳媽歸寢，丫頭害怕，我說，我去叫。

一下樓，便感寒意襲人，我快步走。

園內風聲蕭瑟，樹影搖曳，月色迷濛，只有亭間一點燈火，誦聲隱然，木魚的篤篤在夜氣中清晰可聞。

怕駭著她，便一聲聲輕喊：

「陳媽……陳媽……」

這樣近去，讓她知道是我來了。
木魚聲歇，她在等。
走上假山的石級，入亭卻見她神態自若，煤油燈的光暈裡，幾乎顯得年輕些了。我打趣道：
「陳媽，嫁給他吧？」
她倒不笑，一臉正色：
「到現在，他還是要我的。」
「那就在於你了。」
「命裡剋三夫，都應了，他，不在我命裡。」
是我作的孽，她聽信了瞎子的話。
「你念的經是為他吧。」
「喏，這串是為你們念的，這串，為他念的。」
她拎起一長一短兩串佛珠，我不忍看，不看又傷她的心，便接過來撫了撫，遞還給她，她也隨即收拾了，吹熄燈，跟我出亭走下石級，嘴裡喃喃：

「快念完了……母親要你來叫我……明天我不來了。」

陳媽臥床已逾一週，開頭醫生說是受風寒，無大礙，處了兩帖藥，複診時說再加調理就行。一夜忽發高燒，譫語連連，扯破帳子角，丫頭嚇了，來敲我們的房門，當夜請了醫生，說是病體虛弱，吃了不消化的食物，斷定是傷寒症——高燒一直不退，神志時清時昏，據母親的看法，陳媽兩耳明顯朝後扯起，這是死的徵兆，該為她準備後事了，便召「老實頭」來說話，我拉住母親的手，輕呼了聲「媽媽……」，母親捏緊我的手，吩咐道：

「還是去辦了吧，棺材、衾衣，都要好一點的，像樣一點的。」

江南的風俗，棺材、衾衣，整套殮葬的物件，在人活著時就備得齊齊全全，稱之為「壽材」、「壽衣」，似乎是含有祝願長命的意思。我祖母在世之日，每年黃梅時節，她出房下樓，親自到天井裡來晾壽衣，不許俗人接觸，怕上不了天。我們小孩子看到那像京戲中的捺金繡花的緞褂錦氅，覺得十分耀目有趣。祖母拍拍撣撣這些壽衣，其實是潔淨無塵光鮮無霉的，那是全副「死」的服裝道具，有擱頭的方枕，有擱腳的凹枕，有厚底的靴，薄布的襪。「衾」，本是指殮屍之被，江南人是泛指了，便分內衾、外衾、蓋衾、罩衾，款式奇異，不僧不道、不朝不野、一色繡滿了以蓮花為主的繁縟圖案。那許多有錢而無知的人們，把人的誕生、結婚、死亡，都弄成一個個花團錦簇的夢。當我在漸知人事的漫長過程中，旁觀這些「生」、「婚」、「死」的奢侈造作，即使一時說不明白，心裡卻日益清楚這不是幸樂、慰藉，乃是徒然枉然的鋪陳。

我曾數度進房省視病中的陳媽，有兩次，她是認得我的，說不出話，我的聲音，她似乎聽見。

陳媽彌留之頃，我在書房，沒人來傳告。聽姊姊和丫頭說：陳媽死前一刻，神志轉清，坐了起來，她們告訴她：

「棺材給你買了，很好的，停在後花廳。」

她點點頭。姊姊她們把壽衣取來，一件件拎起，給陳媽看。她們告訴我：陳媽是笑的，很清楚地說了句：

「我也有這樣的壽衣穿啊。」

聽了姊姊們的陳述，我有一種尖銳的反感——何必這樣做，只有女孩子才做得出。

抗日戰爭將近勝利的那年，我離家去大都市自謀營生。

戰爭結束，我以同等學力考入大學。寄宿生。寒假暑假也在校度過。

靜靜下午茶

這幢屋子長久沒有年輕人出現過了，我來之後，姑媽以明智的勸導限制我的社交範圍，我能安之若素，因為終究不是修道院，我將重歸年輕人的世界，有一天，這幢屋子將會是年輕人世界的一部分。

客人愈見稀疏，老夫婦也少出訪。我想，互為賓主者，同時愈趨遲暮，作一次主，作一次賓，漸顯得是嚴重的費神的事，能免則免了，大概是這樣吧。

我想，姑媽姑父年輕時並不是孤僻的，從偶臨之客的談話中，聽到許多姓名，誰遷居、誰增產、誰生了怪異的病、誰死之前還在做什麼……夾雜在紛然往事的斷面中，細節記憶十分清晰。據說年歲愈高，對過去生活的追溯愈遠。不過，我注意到來客不論男的女的，總會犯一個失誤——客人稱賞男主人不見老，豐采依舊。忘了這樣的花束應得先獻給女主人，或者說：你倆都不見老，豐采依舊。

姑媽因此而妒忌自己的丈夫，時常冷然瞥他一眼，像陌生人的打量，她是在估測，別人說的，究竟有幾分是實質，幾分是恭維。

姑父頗自信，加上屢得的評鑑，似乎堅持不老是他的天職。十分整潔，家居亦修飾不懈，領帶英挺，任何襪子都用吊帶拉緊。最大的優勢是不發胖，從前的服裝仍可上身，就只褲腰必得以皮帶束攏——然而在我的眼裡，他是個衰象明顯的保守派老紳士，與他同年的來客都已龍鍾蹣跚，自歎不如之餘，作一番雅謔也算解嘲。這些二次大戰時代的年輕人，什麼事都很認真，比我們認真。

道是五年前就開始節制飲食，姑媽的身材停止了變化，或許為時欠早——她停止在富泰相中，重歸窈窕自不可能，而大局既已穩住，每月一兩次下午茶是免不了的。

姑媽說：

「今天有誰來？」

「不會有吧。」姑父說。

「你要出去？」

「去哪兒，哪兒也不去。」

他說：

「你想到什麼地方玩玩？」

「天氣不好……好也不想。」

「長久沒有戶外活動了！」他為她找理由。

「每次外出，回來總是懊喪的。」她歎息。

「我也這樣。」他附和。

「這領帶好，新買的？」

「現在流行窄型，這不知是什麼時候的了，好寬，少用它，與襯衫難配。」

「很早不也流行過窄的嗎？」

「五十年代末，窄的。」他以拇指食指在胸前比個窄領帶的樣子。

姑媽自己也每天考慮如何穿著，有時會問：「艾麗莎，現在流行什麼了，我不想上時裝店，你替我看看，衣櫥中的這些，哪幾件，與流行的款式比較接近？」

我很欽佩她的見地，時裝確是周而復始的舊翻新，但製造商和設計師很刁鑽，每次輪迴都有所增删，使舊的冒充不了新的。所以我又憐憫起姑媽來，不過她也是在家趕時髦，未致貽笑於路人，就為她挑選出與流行的格調大略有共通之點的。她高興，對著鏡子笑道：

「真的嗎？又時興這個了，這還很早呢，我四十來歲時的呀！」

她有了先知先覺的幸樂，而且勉強還能穿上身，可見她很早已是非常豐滿的了。

姑媽腰背正直地坐在客廳裡，時裝使她增加精神。她仍然要丈夫接收剛才的話題的暗示性：

「窄領帶是否比寬領帶要輕快些？」

「也許是的。」

「不結領帶呢？」

這下姑父覺著了，連忙解釋：

「習慣，領子鬆著反而不舒服！」

姑媽亦轉而緩和氣氛：

「那也是的，譬如襯衫袖子，單穿襯衫時，我不習慣看別人把袖子捲起來，要嘛，短袖，長袖這樣，不雅觀。」

「這像文法，那些人文法不通。」

看來以後姑父每天仍然可以結領帶，講究文法修辭。

姑媽轉向我：

「我們有多少天沒喝茶了？」

「十天吧。」

「今天呢？」

「好吧，我去準備，姑父？」

「好。」

偶一為之的下午茶，沒有多大要準備，不過是看看瓷器、銀器，糖是脫脂的，餅是蘇打的，果醬一點點，牛奶一滴滴，使我苦笑的不是這些，而是等忽兒，必定要恭聆姑媽的那一段臺詞。

又是習慣，那習慣是不能把茶具全擺好了請女主人男主人就座，而是要對坐著，看我用盤子順序端出來，分佈停當，然後我裝作不解事地問問：

「要不要奶油？」

姑媽搖頭。姑父無言。

「一小片起司，好嗎？」

「不。你要的話，我同意。」

這表示姑媽今天心情良好，奶油、起司，姑媽不過是要聽聽名字，追悼一下，小小的傷心便是甜蜜。我實際身分是傭僕、伴侶，未來身分是繼承人，初到之際，時時刻刻處於緊張中，日子長了，一切顯得容易對付，雖然他倆尚未立遺囑。

下午茶快要結束，一陣靜默，使喝茶嚼餅的閒適氛圍退遠，暮色轉深，姑媽的聲音暗中響起：

「那天，我記得是十月二十六日，空襲警報是下午一點開始的，三點，解除了，你是七點鐘到家的，路上一小時，還有三個小時，你在哪裡……」

姑父不動。

照例姑媽的臉上似乎有得到答案的信念，姑父的臉上似乎有作出答案的決心。暮色徐徐沉垂，這樣的下午茶，這樣的聲音響過之後，暮色的轉濃就特別使人在意，也可說是特別滯緩，姑媽不動，姑父不動，我不動……

姑媽稍一伸欠，姑父才變一變坐姿，我也不由得挪一挪手或腳。她家還有個陳規，客廳的燈，主人是不開也不關的，一定是叫：

「艾麗莎，請來開燈。」

「客廳的燈可以關了，艾麗莎。」

等候吩咐，所以一任暮色淪為夜色，她的側影，他的側影，鼻尖各有小點微光，神情已看不清。

「二十六日，那天是十月二十六日，下午的空襲警報是一點鐘響起來的，快近三點就解除了，路上最多一小時，你回家已經是七點鐘，那三個小時，你在哪裡……」

肅靜。

客廳全黑，銀器黯澹無光。

「艾麗莎，請你把茶具收了。」

我如蒙赦般地活動起來，回廚房洗滌安置。杯盤難免碰觸有聲，覺得悅耳。我很愛惜這些古趣的物件，時常驚喜於它們的優雅細膩。

「艾麗莎，你好了沒有……請來開燈。」

擦乾手，開燈——好像開燈前的一切，是夢。

某日我們三人在園子裡看工人刈草，愛聞青澀的草馨氣，姑媽又嫌太沁人，使她皮膚發癢，回屋洗澡了。

我悄聲問：

「那是什麼年代呢？」

「什麼？」

「空襲警報？」

「二次大戰啊，四十、快五十年前。」

「剛結婚？」

「剛結婚。三天兩天有空襲，不一定轟炸的。」

「警報解除後，你到哪裡去了？」

「沒有。」

「三個小時？」

「喏，這樣的，如果下午有警報，只要是三點鐘以後解除，就不用再上班了。有的人，一到下午就等聲音響起來，躲進防空洞，老看表，怕三點不到就解除了。」

「你是七點鐘才回到家的呀？」

「我從來都是下班就回家，天天這樣，有空襲，只要警報一解除，如果不用再上班，就直接回家。」

「十月二十六日呢，四點到七點？」

「回家啊。」

「姑媽說你是七點才到的？」

「四點就到了。」

「怎麼會呢？」

「清清楚楚的事，從防空洞出來，看表，三點缺幾分，當然也不用上班了，正好搭著巴士，到家比平時還早些，後園的木柵壞了，看看該怎樣修……」

「你修？」

「不，得請工人。」

「後來呢？」

「在書房放了皮包，轉到客廳，沒人，上樓，兩個臥室也不見你姑媽。廚房浴間門都開著，地下室門關著，我想她出去了……」

「她是出去了？」

「她會去哪兒呢？她曾說要向後面鄰家學做酸黃瓜，我去了，托貝小姐說是來過的，是昨天中午。托貝小姐又說詹姆斯先生家的哈利產了小狗，也許去看狗。我想不會的……」

「姑媽在？」

「沒有啊，詹姆斯先生請我進屋看小狗，我覺得髒，沒有說髒，我說我們不善養動物。詹姆斯先生提議一同去釣魚，給我看各種魚具，我說我不抽煙斗，他說不抽煙斗與釣魚沒有多大關係，我認為魚很難上鉤，等好久好久，他說就是等的時候有趣……」

「後來你又到哪裡去了？」我有意打斷他。

「沒有啊，後來看了些詹姆斯先生收藏的植物標本，有玻璃製作的摹擬品，簡直和真的新鮮的植物分別不出來。還有蝶類，好幾種我都從來沒有見過，漂亮得簡直不可能……」

「後來呢？」

「我回來。」

「大約幾點鐘？」

「大約……沒看表，天快黑了。」

「姑媽呢？」

「她在前庭的廊柱邊坐著，手很冷。」

「她問你了？」

「你呢？」

「她說：你回來了？」

「我說：回來了。」

「後來呢？」

「後來沒說什麼。」

「怎麼沒說什麼呢？」

「是沒說什麼。」

「前幾天還在問你呢？」
「你也不是首次聽到，四十多年，每隔一陣，就問了。」
「怎麼不回答？」
「起初，我想這有什麼好問的，有什麼好答的，就不響。不響，我想她就不會再問。後來，一次一次問多了，再回答，她會不相信，她會說：既然像你所講的沒有事，那麼為什麼以前不回答，到現在才回答——再教我怎樣說呢？」
「你也沒有問她那天為什麼不在家？」
「沒問，我猜想她四點鐘以前就在前廊等了，我從後園進，不知道。我也不知道。」
「以後呢？」
「以後？」
「我說，如果下次又問了，你是否就講？」

「講不清楚的！」

「你是否覺得這樣的下午茶很難受？」

「難受，難受之極！」

「講清楚，就不再折磨。」

「來不及了，講不清楚的。」

「剛才你就講得像今天發生的事一樣，你的記憶力很好，不必等姑媽再問，你自己找她解釋。」

「她不相信，她一定是不相信的，一定認為我這些年來都在構思說謊，托貝小姐、詹姆斯先生，一個蒙主召歸，一個遷徙加拿大，可能也不在人世了，即使都活著，誰記得四十多年前的十月二十六日下午四點之後，到七點之前，發生過什麼事。」

「不要緊，不需要證人，你說了，就從此不再受難了！」

「你在旁也很難受吧？」

「也難受。」

刈草工人早已不在，草地平整如毯，我猛然擔心姑媽會懷疑我和姑父議論她，急急回房，依跡象判斷，姑媽浴後是需要小眠一會的，便躡下樓梯，姑父問：

「她呢？」

「睡著了……最好明天有機會，你就說。」

翌日沒有提起下午茶，如果由姑父提或我提，就會顯得有預謀，更難使姑媽聽信，甚而誤會我與姑父串通、擺佈她，那就要危及我的現狀和前途。

我不再敦促姑父，一切順其自然。沒有姑媽在場，不與姑父談話。

過了十多天，雨後新晴，上午下午鳥雀不停地鳴囀，我伸伸腰：

「天氣真好！」

姑父看了我一眼。

姑媽在窗口眺望：

「艾麗莎，我們長久沒有喝下午茶了。」

「前幾天我買的曲奇餅是荷蘭的。」

「還早，等一下我們喝茶，還是茶，不是咖啡。」

我回看姑父，他走出客廳，只見其背影。

我折至廊下，浴著陽光，獨自凝想。

三個人中只有我在興奮，姑媽不知道今天將證明她的丈夫是完全忠實無辜的，姑父要準備陳述的措辭，一定情緒緊張。而我，總還得但求平安地在這裡待下去，不知要到何年何月才能反僕為主。他倆衰老，我也畢竟不年輕了，如果不再突然冒出個比我更合情合理的法定繼承人，那麼我的地位可以自信。我將養狗養貓，自己做酸黃瓜。上帝，寬恕我想得這麼多。我為姑媽姑父祈禱，祝福兩老健康長壽，我還沒有錢，有了時，就去找本堂神甫，為恩人做彌撒……

「艾麗莎，你在準備了嗎？」

「現在幾點鐘？」我戴著手表。

「四點。」

「那我就開始煮茶。」

也許是湊巧，姑媽今天氣色特別好，姑父的稀髮那是天天梳得一絲不苟，我本該換身衣裙，怕事後姑媽會聯想起來，推理到我比她先知道了應是她早該知道的謎底。對於她是四十多年的嚴重心事，對於我則毫無意義。

銀器擦得雪亮，玻璃清晶如新，三年來未曾損過一杯一盤。我這樣竭力慫恿姑父「自白」，一是為了使姑媽終於寬懷，丈夫畢生沒有對不起妻子的行徑。二是為了使姑父取得免於困窘的自由。四十多年的懸疑，一旦開釋，還其紳士本來面目。三是，我實在受不了這種沉默黑暗的壓迫，姑媽可以也應該與丈夫單獨相對時回顧前塵舊夢。我想，她是故意要個第三者在場，有利於營造氣氛，我實在不願再當這種配角，倒楣的配角。

姑媽姑父照例對坐在圓桌兩邊，我居下，上座空著，瓶花就移過去，茶具可以擺得舒暢些。忽然我擔心姑媽今天不提問了，從此不再提了，好還是不好呢？不提，當然免於受難，可是這數十年的疑團沒有機會渙然冰釋，所以還是提好，今天提，如果今天不提以後提，姑父又會不動，不響，椅子坐在椅子上。

天色很亮，夜幕還遠著，如果起了陣雨，就很快暗下來，但雨聲嘈雜，姑媽會覺得不適宜付出她冷靜的語調。

萬一姑父還是不肯說，認為要開口解釋這種毋須解釋的事，太傷他的自尊心，那麼，由我代言，能不能代言？姑媽會問：為什麼要你代言？

「你說得不錯，是很好……」姑媽嚼著餅說。

「什麼不錯？」姑父問。

我急收思緒，拈起一塊曲奇餅：

「比丹麥的好。」

「喔，我試試。」姑父伸手，姑媽將餅盤推了推。

「今天的茶也好！」姑媽又讚賞。

「你知道我怎樣做的？」

「不知道，香味很濃郁！」

「喝著會想起春天的景象！」姑父搓搓手，又拿起杯子。

「春天，會來，人生的春天不會再來！」

老人談春天，等於老人唱歌，我要抑止這種歌聲：

「哪，這是一個同學，一個中國人教我的，他們稱為紅茶，紅茶可以煮，煮好後，可以加玫瑰花，焙乾的玫瑰花瓣，然後蓋緊，不讓香味漏散。那種他們叫綠茶的，只用沸水沖，水是剛泛泡就熄火，可以加茉莉花或玳玳花，這大概像食肉該喝溫的紅葡萄酒，食魚該喝冰的白葡萄酒……」

「對，是諧和、相稱！」姑父說。

「人與人，何嘗不如此。」姑媽說。

我起身給他倆斟茶。

「你的同學，中國人，後來呢？」

「回去了。」

「你們常常一起喝茶？」

「那時在學校。」

「他很細心，是不是？」姑媽看著我。

「好像是的。」

「我想他是細心的，所以你還紀念他。」

「我只記得紅茶是可以加玫瑰花的。」

「玫瑰，中國人也許不知玫瑰就是什麼！」

姑媽又要唱歌了，我快轉話題：

「姑媽，你說要不要再買點這種曲奇餅備著？」

「真要比起來，總不及大戰前的東西好吃，餅類、水果，都愈來愈沒有味道！」

「也許是我們自己的味蕾開始萎縮了？」姑父說。

「我不承認！」

「不過我想主要是麵粉、麥子的品質的緣故。」姑父說。

「是的，化學肥料、藥物激素可使禾類果類增產，卻破壞了天然的品質。」我說。

「現在的花也不香了，從前的花店，一條街上如果有幾家花店，整條街都是香的。」

暮色在窗外形成，客廳已暗，我決定不再發聲，看姑父在輕輕搓手。

姑媽端起杯子，又放下，一個銀匙在碟中翻了身。

「那天，我記得是十月二十六日，空襲警報是下午一點開始的，三點，解除了，你是七點鐘回家的，路上一小時——還有三個小時，你在哪裡……」

姑父停止搓手，寂靜。

我搗唇輕咳了一下。

寂靜有了長度，長度顯著增加，我故作斟茶，壺嘴磕在杯緣上，我輕聲道歉。

「一九四五年十月二十六日，空襲警報是下午一點鐘響起來的，快近三點，解除了，路上最多一小時，回家七點鐘以後了，那三個小時，你在哪裡……」

姑父。

我側腕看表，沒能看清。

也許姑父希望我走開，便離座去洗手間。

在洗手間的黑暗中站著，不掩門。

沒有任何聲息。

表的螢光近看時可見是六點五十五分。

七點，真的洗了手，回客廳。

「艾麗莎，請你開燈。」

五更轉曲

崇禎十四年秋，江陰早已改州為縣，彈丸之邑，卻因北濱長江，歷代是防守要地。而在江洋大盜的眼裡，它是隻沒有螯鉗的肥蟹。

風聲是從酒樓上傳開來的——五個賊探，喬裝行商，混進城內已有好多天，如數摸清財主殷戶之所在，得意非凡，在酒醉飯飽的當兒，打著黑道切口，唾沫橫飛，落入老經驗的堂倌耳中，豺狼之心，昭然若揭。

一傳二，二傳三，傳到華堂深閨中，員外公子噤聲發呆，夫人小姐卻希望是謠言。

街上月餅的生意依然興隆，明日中秋節，店家的櫃檯口擺滿齋月的斗香，彩幡飄飄，鮮藕紅菱攤得到處都是，實在與太平盛世無異。

其實窮戶也害怕，巷底簷角，交頭接耳：強盜是要放火的，要擄大姑娘的。

孩童不知憂慮，赤足嬉鬧在江邊，忽然拍腿叫起來：

「乖乖，那麼多的大船！」

長江上，征帆去棹，日日見慣，而舳艫百數，列陣齊進，桅尖檝首，一無旗號，使人不能作商隊水軍想——那麼，真的來了，強盜！

江陰縣令，這時人在無錫兼攝政務，本衙執事的是縣丞和主簿，日前有所風聞，認為野傳不可輕信，逕自在府納福，旨在穩定民心，此刻忽報群盜乘潮逼岸，一陣冷汗後，居然動如脫兔，躲的躲逃的逃，俶爾舉家不見蹤影，好像早有準備似的。

江陰縣，是個沒有父母的孤嬰。

「是好男兒，就跟我來！」

躍馬高叫在衢口的大漢是到任未滿三天的縣典史閻應元。

青壯百姓呼嘯而上，勢如浪湧，頃刻已近千數——但兵器呢！唯有馬上的閻典史執長槍配弓箭，只見他率領眾漢直撲市梢最大的那家木行，到得柵前，喊道：

「事急了，一人借一竿竹，向我收錢就是。」

眾漢得竿，氣勢備增，噪著向北疾奔，霎時江濱人若牆堵，竿如林立，閻應元策馬巡馳，只等舳艫近來，潮漲風急，看看已及射程，開弓飛矢，正中那船首的赳赳惡魁，翻身落江，水花未定，又有二匪飲箭斃命，沿岸威號雷動，群竿狂舞，盜船卻無聲息，半落的帆篷速速升起，轉體掉頭，悄然逃去了。

江陰縣的壯夫勇士們感到悵惘的是，上了戰場，無緣殺敵。酒樓上飲客滿座，那堂倌忙得穿花蛺蝶似的，嘴裡不住地自誇，他解得各路幫話切口。惹人取笑他從前一定做過強盜，至少是個剪徑賊。

金風送爽，澄江如練，一六四一年中秋江陰縣有驚無險，雲破月來，笙簫鼓樂四起，家家戶戶格外有一種團圓的感覺。閻典史與夫人對坐庭心，守著將要焚化的斗香，自剝紅菱佐酒，都無一語——盜賊事小，大明江山眼看不保。

縣令回來，查明抗盜實況，具文稟呈巡撫（縣丞和主簿的失職，隻字不提）。

巡撫用皇命賜閻應元依照都司銜，執掌徼察一縣的事務，而且出門時，可以張起黃綾大傘，擁了金邊的纛旗，開鑼喝道……閻應元卻覺得像是仗勢欺人似的，臉頰陣陣臊熱，行使過一次之後，仍舊還是策馬獨行。而且接下來也只是按照他的一般資歷，遷陞為廣東英德縣做主簿，又因老母病重，不克首途赴任。再接下來，便是崇禎自縊，北國淪喪，南地朝不保夕，閻應元攜眷寄棲於東郊的砂山。至此，已是順治二年了。

一六四五年，清廷貴族豫親王多鐸統率大軍渡江，金陵，可說是不戰而降，南明的福王由崧被執，臣宦作鳥獸散，明朝也就整個末矣。

豫親王分派各個新封爵的貝勒，占定東南郡縣。原本的守土史，願降的降，要逃的逃，也有少數閉關聚眾抵抗，圍攻之下，快者只費一日半宵，最遲的也不過十天左右，城頭換了新幟。江蘇鎮江號稱京口，名都大邑以百計，一月之間，全部易主。

清兵攻陷南京後，便悍然下「薙髮令」，漢人必得依照滿人風俗，剃光頭額四周的短髮，將頭顱中央的長髮編成一條大辮，「留頭不留髮，留髮不留頭」，抗命者，斬首示眾。

當時江陰縣有位秀才，姓許名用，在「薙髮令」的脅逼下，悲憤裂膺，六月初一那天，奔入學宮正殿明倫堂，掛起明太祖的畫像，帶領諸生哭拜，聚而同聲者逾萬，祭罷，列坐商討對策，奉新任縣尉陳明選作守城領袖，陳明選道：

「論智論勇，我都遠不如閻應元，這樣的大事，除非他來，才有希望，我，不離他左右就是。」

許秀才當夜騎往砂山，閻應元聆議，投袂而起，吩咐眷屬速速整裝，夤夜率家丁四十人，倉卒就道，平明已入城理事了。

城中兵不滿千，百姓也只有萬戶，糧餉實難籌措，只好先著手制訂戶口冊，徵集壯丁，然後修建防禦工事，然後取出以前的兵備道庫存的火藥火器，悉數搬入堞樓，然後，閻應元沉吟了——江陰雖小，魚米之鄉，膏腴之地，鹽商木客必經之路，大戶人家堪稱巨室的自亦非少，否則也不會受盜匪覬覦了，然而為富為仁，難歸一體，曉以大義，未必動中，唯有樹起卓範，才能震召群倫，那就勝於苦口勸輸了——程璧，是太學中的最高楷模，為人浩蕩忠烈，江陰縣民奉程子言行為圭臬，閻應元想到這裡，便喊聲「備馬」，轉身入內盥洗更衣。

國子上舍程璧，首捐貳萬伍仟金。

紅榜貼遍通衢，響應者接踵而至，情狀慨慷。閻應元、陳明選、許用等分頭解釋道：

「捐助者，並不一定是錢財，凡是粟、菽、帛、布，以及其他軍需日用的東西，都可以，請視方便而行。」

意明，捐助者更為樂意而熱烈，很快就聚集了火藥三百罌，鉛丸、鐵子千石，大炮百門，獵槍千柄，錢千萬緡，粟、麥、豆萬石，新酒陳酒、鹽、鐵、芻、藁的總數也相當可觀。

武舉人黃略，守東門。

把總張振堂，守南門。

陳明選，守西門。

閻應元自守北門，巡徼四門。

部署甫定，清兵已臨城下，洶洶十萬，紮營論百，列數十重團團包圍，引弓仰射，傷了不少雉堞上的邏卒，而城端打石頭的礌炮，用機關發射的強弩，乘高紛紛下襲，清兵死傷愈多，平南大將軍勒克德渾親臨督戰，見狀暴怒，下令駕來大炮，猛轟西門，城垣裂。

應元指揮若定，用鐵皮包釘門板，貫以大鐵索，吊下去掩護豁口，又取空棺填實泥土，疊起來障住隤處。

清軍轉攻北門，炮火連天，眼看城要穿了，下令：「每人搬一大石塊，在城內更築堅壘。」通宵達旦，第二重城牆立起來了。是夜，南門也做了要緊事：紮稻草人，衣之帽之，且持一燈，遍立城頭女牆間，兵士伏垣內，鳴鼓大噪，好像要縋城劫營了，清兵大恐，仰弓亂射，稻草人受箭無算，取下分綑備用。也是這夜，東門出奇兵，十勇士以麻索繫腰，乘月黑，倏忽縋落，潛竄清營，順風縱火，清軍倉皇失措，自相蹂踐殺死者數千。

清軍撤離三里，止營。

城內亟於休整，無意慶功。

靜了兩晝夜，城下出現單騎便裝的人影，抬頭揚聲喊道：

「我與閻公是老朋友，快去通報，請來相見。」

應元問明那人模樣，暗暗罵聲「無恥」，便上城頭看個究竟。

南明弘光在位之際，劉良佐是四個「國之重鎮」之一，此刻在城下拱手作揖的就是他：

「應元兄啊，你知道，弘光大勢已去，江南不再有主，你還苦守，又是為誰呢？我以當朝總兵的身分來勸你，獻了城，日後的富貴榮華……」

應元答：

「我閻應元不過是明朝一典史，你是廣昌伯、大將軍，弘光四鎮之一，吃過宗廟的祭肉，拿過封地的色土，你可以來見我，你有何面目見江淮父老？」

城下，馬背上的那個，仰著的頭低了下來，緩緩帶轉馬首。

閻應元深知明室氣數已盡，江陰城終將攻破，自己置生死於度外，可憐的是如此勇義的萬戶黎民。

那姓劉的慚退回營，貝勒斥為無能，又把新近從蘇州松江得來的降將，裸裎反縛了架到城下充說客，嗄聲高呼，涕泗交頤……

應元喝道：

「敗了，就罷了，速速死掉就完，哪裡來這許多不是人說的話！」

貝勒「勸降」技窮，改以「撤圍」誘之，派人傳諭：

「斬四門首事各一人，就不再攻城。」

應元叱曰：

「貝勒癡人，敢來說夢？」

這樣幾個口舌回合後，暫時不見動靜。

又近中秋節。

應元與明選議定，普給軍民賞月錢。

歇業的糕糰作場，連夜趕製各式甜鹹月餅。孩童們以為城已解圍，歡叫騰踊，反使父母潸然淚落，歎道：

「能吃得著明年的月餅才是好哩！」

話雖如此，看到應元魁梧的軀肢，蒼黑微髭的臉，人人都有一股說不出的信賴油然於心，父老輩有時直呼其字「麗亨」，他笑應得分外溫馴。陳明選一天到晚巡迴撫慰士卒，竭盡所能，故若有明選所不能者，無人抱怨。

中秋夜，市廛城垛，到處飄散酒香，四門戒備森嚴，全縣樂於如此難得的一醉。兵士擊刁斗，鳴軍笳，庶民中的善謳者，競出獻聲。許秀才依照古樂府的格調，作了一首應時應景的〈五更轉曲〉，這麼「一更裡來……」「二更裡來……」唱到「五更」，再從「一更」唱起，聽著聽著，大家都會背會唱了。

十六夜，歌聲與刁斗笳吹依然相和不輟，直到深宵。

十七日傍晚，許用說：「今夜不要再唱了，別弄得不像話。」

黃昏時分，應元與明選駕馬車，循四門，分送酒漿肴果，招呼道：

「再唱一夜吧，〈五更轉曲〉都會唱了，都來唱！」

頓時城上歌咢大作，金鐵皆鳴，街坊聞知應元明選之意，於是全城百姓引吭放聲，那些個素擅絲竹的，急切檢出絃琴簫管，咿咿嗚嗚滿街邊行邊奏，梵剎擊鼓撞鐘以為應和，聲傳三里，勒克德渾步出營帳，對著月光，歎道：

「漢人之心如此！」

圍城已逾七旬，豫親王多鐸限令貝勒十日之內攻克江陰縣，否則要壞勒克德渾的前程了。

清兵架雲梯、推沖車，敢死隊鎧冑皆用西番鑌鐵製，刀斧及之鏗然鋒缺。炮聲晝夜不絕，百里方圓，地震水飛，硝煙蔽空，城中傷亡日多，號哭四起，人心都往最後一決想。

那天，曙色遲遲不明，大雨滂沱，近午時，有赤光起土橋，直標城西，牆垣俄陷，清軍從火焰雨昔中蜂擁進城，應元率死士百人馳突巷戰，八次衝破惡阻，殺敵千數，再奪門，門不得啟，應元自知路絕，縱身跳入前湖，湖水淺不滅頂，清兵涉水圍集，遂被縛上岸來，押至清營，上囚車轉解乾明佛殿。

劉良佐聞報，坐立不安，「必欲生致應元」的軍令是他下的，而他實在怕見應元，此時強作鎮靜，箕踞佛殿中央的案前——一陣腳步聲，應元泥水淋漓站在面前，他躍起抱住號啕大哭，應元認為劉良佐這層痛苦並非虛偽，便閒閒笑道：

「不要哭了，我，一死而已。」

那邊貝勒催命，即將抱哭者拽開，挾持應元急入內殿，衛士厲喝：

「跪下！」

應元挺立不屈。

貝勒眴左右，傳卒橫槍刺應元小腿，骨折，撲地血流如注。

晼晚，雨住了，擔解應元至棲霞禪寺，鎖於空堂柱上。

夜靜，禪院老僧兀坐不寐，但聞一聲聲：「快來殺我……快來殺我……」

丑時過後，暑呼漸微——乃息。

老僧知應元死。

陳明選指揮到城破後，下騎搏戰，至兵備道庫門前，遭兩路夾擊，背腹重創，手握刀倚壁僵立不仆。

上述八十一日壯烈事，清宮史官不實錄，後世何從證據——話說棲霞禪院老僧目睹耳聞，口傳於青門山人邵長蘅，邵子善詩文，一切就歷歷於紙上了。老僧自亦木訥而有心，否則怎能知之甚詳呢。

圍城的清兵——二十四萬。

攻打而死者——六萬。

巷戰而死者——七千。

（凡損卒七萬五千有奇。）

城中死者——無慮五六萬。

（屍骴滿街巷，無一投降者。）

此岸的克利斯朵夫

夏日卓午，我憑窗閒眺，席德進在陽光下走來，漸近，視線相接，彼此點了點頭……他臉上有一種舛異的神色——四十年前，杭州藝專學生宿舍。清晰如昨。

一九四七年，暑假。藝專學子多半是外地赴杭的寄宿生，走了幾個，等於全部留校。我是上海美專來的，杭州有家，不住——喜歡朋友，三三兩兩構成星座，游泳、爬山、打牙祭，鬧些鬧不大的純潔笑話。

全都笨拙，沒有見過一個精靈俏皮的人。對藝術、藝術家、藝術品、藝術史……嚴肅得愣頭愣腦。也許，還是在「美育代宗教」的觀念籠罩中。藝術家的生活模式？中國史上的參考過時而廢。從歐羅巴的傳記、小說、電影中借鑑，不期然而然要取十九世紀巴黎的那些公案軼事，作我們行為的藍本。時空的差異像惡作劇，使我們的摹仿極不如意，畏於成拙而未敢輕易弄巧——當年個個傻，沒有一個自覺其傻。而今想來仍然不可思議，我們這一代青年為何善也善得愚，惡亦惡得蠢。

時代的原因：我們是童年還未過完就遭遇世界大戰，反常的生活持續了八年，忽然勝利，少年也告結束，我們沒有慘綠過，沒有見習於上屆的青春，他們的嘉年華中只有硝煙血跡。至此，他們已入中年，我們則二十歲上下，對人生的無知，形成對藝術理想的偏執。藝專美專的學生中有抱負的幾個，都一上來便以大藝術家自居——要麼生來就是，要麼至死也不可能是，這樣就把自己列入前者，豈能不從早到晚躊躇滿志，落拓傷懷，一切悶在心裡，其實心裡也沒有多少「一切」。

我在藝專，凡從美專轉學來的，算是老同學，藝專學生，算是新同學，問問老的新的，誰畫得好、最好？都說席德進。還有誰呢？說不上了，或者莫衷一是了。

藝專傍山臨湖，山是「孤山」，湖是「平湖秋月」一帶。早先有音樂系，設在與「平湖秋月」相連的長榭的「羅苑」，成排的琴室，水面風來，仙樂飄飄，那是三十年代的西湖韻事。輪到我輩，只剩禮堂臺角的那架立式的「莫札特」，練琴者一個接一個，宛如崗哨換班，交替之際，不免要攀談幾句。席德進中等身材，寬肩方臉，髮式童花，即是短短地散蓋在額上，像個小沙彌，他知道我不把他放在眼裡，我知道他認為我不在話下。白球衫白短褲白麂皮快靴，我這一身白必然惹他生氣。他的毛藍土布短衫草綠軍褲橡膠鞋，也不符我審美準則。各自有所畏懼，摸不清對方到底有多少份量。當時都沒有份量。談貝多芬，談蕭邦。最大的難事是要年輕人承認淺薄。

那時的杭州已不是天堂，那時夏天的藝專是天堂。

女生樸素極了，不一定是窮，是不會打扮，又想要點什麼花招吸引人，就弄成個放浪不拘，衣裙零亂首如飛蓬，在白堤的萬千柳絲中揚長而過，本地人稱她們為「藝專的瘋婆兒」。

男生多數是真窮，窮學生夏天有福了，赤膊、泳褲、木拖鞋、一頂大草帽，節奏分明地來，節奏分明地去。若論遮陽眼鏡、金項鍊、手表，夢裡也沒有。唯獨姓曾的四川娃子不知怎地擁有一個鐵質的小十架，用細麻繩掛在脖子上，十架垂落於兩塊胸肌間，晃動不已，到處令人羨慕，眾男生只能從大處著眼著手，練好全身肌肉。有外號叫「阿波羅」的，也有叫「大衛」的，最壯碩的那個李黑蠻叫「暴風雨」。

暑假，食堂照常開伙，四川人占優勢，天天吃辣，一辣，就沒有話說。女生進餐廳時還要叫：

「辣椒有沒有哎？」

叫得最兇的是汪婉瑾，即後來被誤定為席德進的女情人的。

晚餐後，常有音樂，可敬可憐的。熱心而好事者，把私人的留聲機從宿舍搬到餐廳來，像是莊嚴「佈道」。沒有海報也沒有節目單，當然是古典音樂，多數是浪漫主義的標題音樂。燈光昏暗，人頭黑簇簇地顯得聽眾很多，各自擺出認為最舒坦最優美的姿勢。已經揩抹過的桌子們散著辣和腥的穢氣，肅靜，音樂進行著……蚊蚋擾人，唱片又要翻面了。

席德進一開始就唯美主義，《鄧肯自傳》，《王爾德獄中記》，《陶林格萊的畫像》，《約翰‧克利斯朵夫》……藝術家如蛾撲火地愛美，必須受折磨受苦，百般奮鬥，不是沒有卑下的情欲而是不被卑下的情欲制服，幾次三番地死而復活，終於成功，一成功就不會失敗了——偉人傳記都如此波瀾壯闊地寫著，同學中的佼佼者大抵這樣自我期許，席德進是這樣，「阿波羅」、「大衛」是這樣，「暴風雨」總也是這樣，胸肌間有小十架晃動不已的那個，正走著羅丹的路。

那天近午，席德進在頂射的陽光中走過窗下，顏面蒼白，嚴峻，平靜，只能稱之為聖潔的氣象，整個面部呈現一種不發亮的光——從未見他如此，因而訝然：他剛做完了什麼事？什麼事能留下這樣的神色？目光接觸之後，都沒有交談的意向，他折入寢室去了。我繼續尋思，席德進有此超乎常情的神色，那麼以前我對他的認知是膚淺的，如果，剛才的印象，是他的主要「層面」，他擔當得了嗎？我疑慮，漠然地不安，這是有所殉的犧牲者的表情，人的最後的表情。

一九八一年，在上海得席德進的訃聞，驀然浮現那個四十年前藝專宿舍窗口的印象，席德進死後，臉上是否重現這表情神色……

若說無緣，卻是在藝專時由相猜忌而轉為相敬悅，一談數小時。若說有緣，一九四八年為時勢浪潮所衝散，彼此不明下落。若說畢竟無緣，某日在臺南的舊貨攤的唱片堆前，有人牽制我的臂肘，我怒而回視——「席德進！」

他笑呀說呀，一點也想不到我會在島上，我也以為島上有個本地的席德進。他在嘉義中學當教員。

「你呢？」

「寫生哪，整個跑遍了，住在麻豆，糖廠子弟學校宿舍。」

商量停當，在舊貨攤的帳櫃上草一短箇，告之麻豆的同居者，我去嘉義暫住，餘後詳。

貝多芬的交響樂，從NO.1—NO.9，一個金指環作交換，老闆還找我不少錢。舊式的唱片多沉重，二人分提。至今我仍留戀那種精裝的硬封套的聖物，那種重量的象徵性。

嘉義風物，已憶不起。嘉義中學，樹綠，路灰黃，模模糊糊。只記得那寢室，很小，床是竹製的，在我們浙江，叫竹榻，為我又搬了一只來，他的靠牆，我的臨窗，還有一小桌，一板凳。畫件不多，倚在壁角，顯得次要，而室內也無主要的東西。那年代，我們毫不在乎身外之物，不以寒傖為可恥，因為從書本上看到，胸懷大志，都這樣。吃食也不知講究，學生時代似乎還沒有長味蕾，無論如何想不到後來會變成美食烹調高手。然而那一陣子席德進每晚預告翌日菜單，回鍋肉、連鍋湯、麻婆豆腐、怪味雞，二人在廚房亂轉亂煮，現在想來，全是辭不達意的四川料理，拙劣極了，快樂極了。當時我們的畫也同樣拙劣而快樂。他拿出阿里山的風景寫生，我無言。

「你說說看呢，怎麼樣？」

「這是阿里山？」

「是啊，上個月寫生的。」

「這哪裡是阿里山。」

「是什麼呢？」

「什麼也不是。」

「那也沒關係。」
「是沒關係。塞尚的普羅旺斯也不是普羅旺斯。」
「只要是畫！」
「這還不是。」
他又翻出一疊人像，鉛筆鋼筆速寫的。
「這些是你的學生？」
「是。」
「是學生而已。」
他從篋子裡取一幀精緻的肖像：
「這呢？」
「是誰？」
「克利斯朵夫！」
我仔細端詳，他興奮起來。

「這個克利斯朵夫很漂亮，好萊塢出身。像你自己。」

好萊塢？他難受。像他？他驚喜：

「你說我像他？」

「像。」

「怎麼會像呢？」

「把不理想的都變為理想的了。」

他側首一笑了之，彼此心裡並不了之，他陷入沉思。我的意見是：他把自己渴望具有的容貌，一一訴之於克利斯朵夫的臉，愈畫得雄媚俊逸就愈顯得畫者本身難與比擬，藝術的可能反證現實的不可能——這種苦楚我熟悉。畫家終其一生，時時刻刻保持著這種絕望，極少例外。

當時上海美專和杭州藝專在素描上的共性是，以意大利文藝復興期的繪畫為源泉，歧異則在於私淑宗師，美專傾向米開朗基羅、達文西，藝專傾向波提卻利、拉斐爾。而印象主義呢，美專尊塞尚，藝專尊梵谷。再下來，則美專偏愛畢卡索，藝專偏愛馬蒂斯——我想，似乎是兩座城市的地域特性的關係，似乎是兩位校長的脾氣關係，似乎是兩方教授的癖好關係。一個學校等於一個國家一個民族，自有其群體潛意識，學生們是身在其中不明底細的。我既然感到了滑稽，就要脫出這種群體潛意識，所以，對藝專的校風、畫風，無異己感，既忠藎於米開朗基羅、達文西、塞尚、畢卡索……又投入波提卻利、拉斐爾、梵谷、馬蒂斯……

出現了「新派畫」，也像「印象派」這個名稱由「負」轉「正」那樣，「新派畫」，原是正統的寫實的門戶中人、挖苦非正統的不寫實的作品，信手拈來的一個貶義詞。後來，摩登學子就乾脆自命「新派畫家」。四十年代美專藝專的新派，只新在校門國門之內，烽煙彌漫了八年，兩校都好不容易從閉塞的內地徙回原址，世界藝壇已是什麼局面誰也弄不清。

席德進肯下苦功，宿舍樓梯轉彎處，得一小閣，架塊板亮個燈，燈泡上罩張錫紙，便是獨立的私人工作室，但沒有門，人來人往，都看見他在練線條，大家又羨慕了，放輕腳步以示尊敬，「席德進在修道！」整個藝專，年輕人都還很老實，少數別有用心者，別有一種愚蠢而已。美專也是，渾渾噩噩，幾許自以為先知先覺的，不過是「意識形態」上的渾渾噩噩。一般單純愛藝術的男生女生，只知畫畫，看畫，也看別的文學書，此外就是通俗流行的戀和失戀。

行到樓梯轉彎處，我不免靠近看看——席德進在白紙上重複重複地勾勒一張女臉，偶爾是男的了，忽又是女的，頭像，胸像，半身，全身，再頭，胸……造型近乎畢卡索的新古典希臘風，摻進若干馬蒂斯的野獸味，筆尖簓縩有聲。

「這樣，有什麼好處？」

「心裡要什麼線，手上就來什麼線！」

「從偶然到必然？」

「對，要必然。」

「必然就好麼？」

「好！」他手不停，目不旁視。

「我說偶然好。」

他停筆看了我一眼。

「你不練？」

「不想。」

「練的好，林先生的功力就這樣深，要什麼線什麼形，穩拿！」

「你畫吧，不打擾。」

我始終不以為憑某一項基本功能成氣候，各項基本功綜合起來也仍是「基本」而已。這種必然的線必然的形，如果沒有觀念上特別繁富的淵藪，會流於概念化、表面性。後來在席德進的人物畫上，一直可以看到他所執意追求的線和形。當年藉五燭光電燈練就的少林功夫，得失難言，得中有失，失中也不能說一無所得。「箭無虛發」是高明的，魯賓斯坦的鋼琴演奏「一半音符掉在地上」也許更高明。但性格即是命運。

在嘉義的一段日子，他常要去授課，我獨自在窗前閱書，睡著了，醒來，索性躺到竹榻上去。

附近走走，用不完的時光，常想如何一次用完它。我們的青年期，時代充滿謬誤，我們自身充滿謬誤。所謂「純藝術」，純到了對社會對生活只用哲學的角度歷史的角度來接觸，熱中理論、忽略經驗（經驗也還沒有來，正在來……）註定要從自我架空的狀況中摔落。當年藝專美專的幾許驕子，都是西方浪漫主義迴光返照中的蜉蝣。浪漫主義狂飆運動早已過去，東方卻還憑藉遲遲射來的餘輝，蜉蝣們上下其舞。

我們吃辣菜、喝酒，走在大王椰子樹下，到野地去模擬鄧肯的舞踊，自然的背景乃是藍天白雲海鷗迴翔，而時代的背景已是暴風驟雨不容旁觀——兩個二十歲剛出頭的青年，即使在最淺顯的道理上，也無從分曉何以史籍所載的任何朝代，都有藝術家進退取捨的餘地，唯獨我們身逢的時代是不可能有一個旁觀者的。我們又正處於那種尷尬的年齡，所有的伎倆是假裝「老練」，對任何人都矜持不懈，結果便是無救地「稚拙」。一是生性倨傲，耿介而容易鍾情。二是童年和少年的憂傷並不能算作現世生活的閱歷，對整個世界還懵懵懂懂。三是邁步入世，一腳踩在中國近代史的最拗攪的章節上。當時精明強幹的中年知識份子，飽經風霜足智多謀的老年知識份子，尚且栖栖惶惶，慌於抉擇人生道路，何況我輩毛羽未全的藝術小信徒。

如就當時所知的已經成型的人物而言，其中最卓犖者，也不過是浪漫主義在中國的遺腹子，「五四」後，這種遲到的西方思潮很快就分趨兩派：極權的、社會的。民主的、個人的。論爭既起，形成兩大陣營，而現實的繁複動盪，人性的幽邃多變，總是使任何一種信仰終於顯得是少數主有者的剛愎自用。中國沒有順序的「人的覺醒」、「啟蒙運動」，缺了前提的「浪漫主義」必然是浮面的騷亂，歷時半個世紀的浩大實驗，人，還是有待覺醒，蒙，亦不知怎樣才啟。西方文化的衰落是世界範疇的精神的凋疲，有規律、有模式；東方文化不在這個大規律大模式中。兩千年西方文化史章節分明得使旁觀者逐頁稱奇。本世紀初西方知識份子嚮往大同學說，從理性上道德上解釋，並追求那個只講究動機而無能推測效果的新烏托邦。知識界的拔萃者都明白，西方的既成社會體制結構，不可能再產生「奇蹟」，個人主義畢竟成不了信仰，世界亟應被拯救，拯救世界的無疑唯有靠信仰而不能倚仗別的。所以認為舊的信仰已成暮靄，新的信仰現了曙光。從「浪漫主義」到「新信仰」，西方有近百年的思考期，是故「新信仰」不是「浪漫主義」的直接後繼，兩者的間隔內涵，足夠使他們即使失落「新信仰」也不致整體崩潰。他們仍能重溫歐羅巴的人文傳統而再探索下去。本世紀的四十五十年代，「新信仰」的水已經落了些，石已經出了些，西方不再把基督精神與大同學說摻和解答，理想主義者雖然在公眾場合面不改色，私下則俯視雙腳踏在夢幻中，其實倒是已經醒了。

我與席德進在嘉義中學的樹蔭下草地上即興舞踴的時日，除了亞熱帶藍天白雲的自然背景，全然無知還有一個略如上述的時代背景——但是，果若當時有人為我們剴切透闢地殷勤講演，我們就聽得進、聽得懂麼。

一九四八年底，杭州上海的親友催我速歸，於是匆匆整裝，從麻豆直奔基隆，在「華生輪」艙中安頓好後，船主卻說要待陰曆元旦後才能啟航——這就可以登岸去與席德進話別。

他以為我又像上次那樣純粹雲遊，旋即明白來意，黯然而泫然了。

寒假，他終日與我相伴，行將長別，話題多而瑣碎，仍是三句不離藝術，從未涉及家庭、親屬。津津樂道的是高脫弗烈舅舅、奧里維、葛拉齊亞……二次大戰後，《約翰・克利斯朵夫》在法國已無讀者，而四十年代的美專藝專學生，奉此小說為聖經。

「打開窗戶吧，讓我們呼吸英雄的氣息！」「窗戶」在亞洲，「氣息」在歐洲，時差是一百年四百年，這種本是裨人清醒的「英雄的氣息」，反而弄得我們喝醉了酒似的，將藝術的人物傾在生活中，而把現實所遇者納入藝術裡。我們的青春年華是這樣結結巴巴耗完的。

如果說「痛苦」、「災難」使人早慧早熟，那麼我們在二十歲以前所受過的那些折磨，大概算不上「痛苦」、「災難」，所以遲遲不慧不熟。我來嘉義「話別」，其實是希望他與我同回浙江，他則說來說去還是要我留下來，然後想法一起到巴黎，六天過去，堅持不下，第七天夜晚，喝了酒之後，無可奈何中定局：我走我的，他留他的，但「巴黎重見」的信念一致不變，心情倒又豁朗起來。

「汪婉瑾，記得嗎？」他問得太突然，我停了一會才答：

「很耀眼的。心地蠻善良。」

「喜歡她的人不少。」

「李擎亞追不著，向我請教。」

他一笑：

「你出了什麼主意？」

「我說：第一，先要贏得她的尊敬。」

「你知道她愛誰？」

「不是和翁祖亮在一起嗎。」

「她愛我！」

「那她同時愛兩個人？」

「翁祖亮是後來的事，起先是愛我。」

「鬧翻了？」

「我們一直很好，像兄妹，兄妹以上，就不成。」

「為什麼？」

「我試著愛她，不行，實在不行。」

「怎麼啦？」

「我愛的是劉式桓。」

劉式桓，那個老彈莫札特土耳其進行曲的「大衛」，整個暑假不穿上衣，臉俊氣，頭髮蓬鬆，一流身材，走起路來就容易顯得瀟灑，天津口音夾點四川腔，嗓音微微沙啞，性格單純柔和。那時的學生差不多全是這樣，不這樣的必是壞蛋。

聽到我對劉式桓的好評，他十分高興，而且得意：

「我們好過，好得相當深！」

「汪婉瑾呢？」

「我曾經吻她，一點感覺也沒有。」

「怎麼一點感覺也沒有？」

「不愛麼，愛不起來就愛不起來！」

「她呢，怨恨你？」

「不怨，翁祖亮，是我的意思。」

「什麼意思？」

「後來我最愛的，真正愛的是翁祖亮，我教他畫，天才，真是有天才，進步好快。」

在我的印象中翁祖亮是個頗高的小孩，極平凡。而席德進許為「理想的美」，陶林格萊。

「後來，我決定走了，讓他和汪婉瑾在一起，我兩邊都完了心願。」

我反問道：

「張雪帆，記得嗎？」

「你怎麼想起他來？」

「你寫給他的信，他給我看了。」

「真的？」

「那天他愁眉苦臉地來找我，說落在困境之中，希望我能解他的危，便拿出這封信……」

「你們是好朋友？」

「一般。他說你待他確實是真心，很感激你，但不可能做到像你對他那樣地回報你——我拒閱你給他的信，張雪帆便把信的內容講出來，要我代他回覆。」

「噢，現在才明白了，應得謝你，治好了我的熱病。」

張雪帆是我上海美專同學，那年暑假他想轉學杭州藝專，考插班生未被錄取，與席德進是四川同鄉。

我說：

「那時候你和我還不能算認識，我對張雪帆是了解的。你為他而病，說，如果他不再來杭州，你的病就難好。我從旁看，認為不值得，徒然自己受苦——給他擬了信稿，他連抄一遍都懶怠，就此寄出，就此若無其事了。」

席德進說：

「原來這樣……我也要告訴你，當時，一是使我斷念，振作起來。二是……信還留著的……」

他要去開箱，我阻止。

「再看一遍麼。」

「是你和他的事。過去了。」

他呆立在箱子前，使我感到還該說些什麼：

「你以後，以後你的一生，將充滿痛苦。」

「我也不是不知道……但，你說，就沒有人會愛我？」

「有的。很難有人像你愛他那樣地愛你。」

「你呢？你的命運？」

「我沒有命運。」

「奇怪，你不談自己，杭州認識，臺南重逢，這次再見，你從來就只談藝術？除了你的姓名，我還什麼都不知道。」

「我這個自己還不像自己，何必談它。」

「你很奇怪。我也沒有問，是我自私？」

「你在藝專的好名聲中，有一風評是：自私。我時常聽到。」

「我也知道。」

「你沒有找到認為值得為之慷慨的人，你便自重自衛，有時自重自衛得過了份，別人就說是自私，而你對那種人就更看不起，他們就更覺得你傲慢吝嗇。」

他欲言，又止。

我也有一種難以辨別的感應，當時隱隱知覺，自忖說不確切，就沉默了——現在或許能表達出來：席德進是殉情者，但無情可殉，故殉了別的。

這種夜譚，往往持續到深宵。紀德曾以美即爾克的名義，一再啟迪奈帶奈靄：是愛，而非同情。席德進和我都是紀德的書的耽讀者，而在這種夜譚中，我所能做到的付出的無疑只限於同情，有時連同情也顯得勉強，流於理性的涵容。我想，紀德本人，除非他把什麼都擯拒（他做不到），否則，能收受的，也僅是較為精緻的同情而已。這種現世生活的悲慘性質，使我向來習慣於自己的湮沒。能作個旁觀者，一切哀樂恩怨的旁觀者，已是萬幸的了。後來在生活道路上的顛沛流離，都是由於作不了旁觀者。

所以回想那段嘉義話別的日子，我們當時還是很逸樂的，一夜一夜地靜聆席德進回顧往事，我隨機插入品評，即使取笑挖苦，他亦不以為忤。白天，他常被學生手拉手地邀請去參與他們的新春家宴。每次總是先傳來跫聲和喧笑，門一開，泥娃娃似的七個八個連著倒進來，席老師喜歡他們，穿起他唯一的土西裝，眾愛徒便簇擁而去。雖然也邀請我，我的婉謝總是成功的。但現在竟記不起獨自怎樣解決午餐或晚餐。卻清晰地看見自己在窗前的小桌上寫信，明天我要回基隆了，所謂「巴黎再見」，何年何月。我該留些什麼給席德進，斷斷續續地寫，想像到我走之後，他讀它們時的心情，便愈寫愈激奮，也愈不安起來……

晚上他回來，面有酡顏，在學生家喝了酒，可能喝了好幾家，陶陶然話緒不斷，又要聽那個圓舞曲，一再說這是他最喜愛的。我認為它很普通，柴可夫斯基也難得寫這種小品，薄俗，甚至輕佻（是管弦樂，已忘了作品第幾號），我當時是勉強聆著，暗中詫異，為什麼席德進特別欣賞這支曲子——考慮那寫完了的信，該如何……

「明天，明天晚上我走了。」

他停掉留聲機。

「上海我不會久住，杭州你有什麼事要我辦的。」

「翁祖亮他們，我也管不著，不忘記我就好，和汪婉瑾結婚，就結婚吧。我自己會寫信的。你代我關心關心他們，可能的話。」

「還有什麼，我可以做的？」

「《安娜・卡列妮娜》！」

「到上海就給你寄。」

「最後一夜了……」

「我也覺得巴黎渺茫。」

「會不會從此見不著了？」

「見是見得著的，你總要回四川，我也沒有遊過峨嵋。」

翌日，他要為我餞行，我沒有情緒合作烹調，認為煮點米粉之類就可以，結果還是折衷為「紅油抄手」，四川的辣餛飩。

「為什麼你們叫它抄手，不過總比餛飩好，浙江人是混混沌沌。」

「你說些杭州話給我聽？」

我便胡亂自問自答了一番，他笑道：

「好像又在官巷口、延齡路上：杭州呀，也許一生中，要算在西湖邊的那些日子最無憂無慮了！」

我因為接著就要重續湖畔生涯，所以沒有特殊的感喟。

離別，走的那個因為忙於應付新遭遇，接納新印象，不及多想，而送別的那個，仍在原地，明顯感到少一個人了，所以處處觸發冷寂的酸楚——我經識了無數次「送別」後才認為送別者更淒涼。

中午吃了餛飩，真是混混沌沌，天色轉黑後，都不想晚餐，他怕我路上餓，買了些糕餅塞在背包裡，使我想起從前在故鄉要到外省去投考中學時的情景。

手上還有一只指環，不會再買唱片了，我說：

「並不是表示感情，你留著，萬一急需錢用，就把它變賣了。」

「那一樣，你在路上，可能發生什麼事，好拿它對付。」

「至多三天就到上海，有人來接的。」

「不是平常了，上海沒人接你怎麼辦呢。」

他知道我與華生輪船主是講定到上海再償付路費的。

現在回想不起何以那天要挨到黃昏才走，許是候一班夜間才經過嘉義的快車。也記不起怎樣到港口，怎樣通知華生輪放舢板接我到船上，都茫然得好像沒有經歷過。然而分明記得趁席德進不在寢室的某一刻，將前幾天斷續寫成的信，放在他枕上，再將被子蓋好。當我背起小包，那些簡陋的竹木傢具忽然十分親切。

走在通向車站的路上還是談著約翰・克利斯朵夫，他總是領前一步，我看見的是他的背影。

似乎藝專的學生好多是這樣走路的，兩腳作外八字，雙腿不靠緊，臀部就左右擺動——他何以不發覺這種步姿的傖俗？對他說明？我沒有這份勇氣，交淺言深還深不到這個層次——已經太深了，深在那封留置於他枕上的信中……

「席德進，我忘了東西，你在這裡等一等，我回去拿。」小包卸在他腳邊，跑步。

揭被抽出那信，對摺，塞進後褲袋，以更快的速度奔回。

「找到了？」

「找到了。」

又繼續談我們的克利斯朵夫、奧里維、舅舅、母親……不是自己的舅舅母親，是小說中的……忽然想到也許他在自比克利斯朵夫之餘將我喻為奧里維，那就全然誤會了——收回信，是應該的。

臨上火車，握手苦苦地笑，還是那句話：「巴黎再見！」好在巴黎總是耐心等待我們的。

回到華生輪的艙中，第一動作便是掏出褲袋裡的信，閱後想撕掉，轉念也許若干年後，能寄給席德進。

杭州，為籌辦繪畫研究社忙了好久，才有餘暇去藝專，汪婉瑾問道：

「什麼時候回來的？」

「快兩個月。」

「席德進在信上說：朋友走了，他哭了一夜，那是誰啊？你知道嗎？」

我搖搖頭。

「說是一起過年的？」

「我在基隆港口，船上過年。」

「那個朋友會是誰呢？」

我相信汪婉瑾並非佯裝，席德進確是只說「朋友走了」。我們都這樣，活在詩意中，認為一著實便俗（這種營造詩意的嗜好，是我們青年時期的惡習。藝術，似乎必定要先對我們有害，害得好苦，而後一點一點有益了，過程非常堅澀）。

我離嘉義，席德進哭，除非是由於我的賦歸，他馳思老家，懷念西湖的情人朋友，才流淚失眠。對於我，那真是「除了姓名，還什麼都不知道」。

然而汪婉瑾的話刺痛我，一瞬間，劇烈懊悔沒有把那信留下。

四十年後，才在筆記本上寫道：

「友誼的深度，是兩個人的自身的深度的表現，淺薄者的友誼，是無深度可言的。」

我們年輕時所能認知而信奉的，只到西塞羅的里程：「唯有好人之間才會產生友誼。」而今看出這種古典的智慧是宏觀的、太憨厚了，無非反證著「壞人之間不存在友誼的可能」而已。好人，如果是淺薄者呢，常見的所謂好人，倒真是淺薄者居多。

四十年前的我們，至多是竭力摹擬書本上的具有深度的人——

我的「信」，他的「哭」，都是摹擬，結果是見其淺不見其深。年齡即是宿命。

從此，沒有消息。一九四九年夏遇見過劉式桓，一身藍灰細布的制服粒粒鈕子扣緊，浙江某小城的中學教師，形容憔悴頭髮短而稀疏，「大衛」、「莫札特」等等的概念消失得無影無蹤。問及「阿波羅」、「暴風雨」，他也不明下落。後來，聽說翁祖亮和汪婉瑾結了婚。後來杭州藝專遷到西湖的另一邊，湧金門外，原址則改作農業展覽館，每次經過，克制不住地眺望那個本來陳列美術品的廳堂，屋頂是希臘神殿破風的格調，所以分外顯得寂寞。

一九八一年廖末林從美國到上海，很快傳開：席德進已是著名臺灣的大畫家，上海的藝專校友奔走相告，席德進的畫集、照片也見到了。廖未林說，席德進渴望得到老同學老朋友的訊息——是時候了，三十年來風霜雨雪，使我們不必妄自菲薄，何況席德進正在病中，什麼病？廖說，胰臟功能不佳，最近好了些，會康復的。

當時我正主持著一項工程，煩重而緊迫，每夜入靜後喝杯濃茶，與席德進筆談，也就寫長了——矜持、做作既去，語流便暢澈無礙，連嘉義話別留信，又收回，又懊悔的往事，縷呈細節，以博一笑。也初評了他的畫集，尤其是近期的水彩風景，那是「席德進」的了……當我轉為剖析自己怎樣脫出羅曼羅蘭的軌跡，而質疑他為何還走在「克利斯朵夫」的路上時，牽涉愈廣，氾濫而不能停蓄，但我決意寫完這封超長的信，有時寫到曦色明窗，還是興致勃勃……

廖未林經杭州、北京，折回上海，第二天就要飛返紐約，這時才陰沉地告訴我，席德進患的是癌症，危在旦夕。

我想，想了又想，說：

「我的信寫了一半，這次不能請你轉交了，以後再說。」

以後，就是因為已沒有「以後」，這樣的信只好廢了——在他的記憶中，我是個「除了姓名，什麼也還不知道」的朋友，這樣的「思前想後」的長信，對於精力充沛遠景在望的人讀來可能是快慰的，所以就完全不堪付之已瀕彌留的席德進。

廖未林匆匆趕程，是否鑑於席德進病情惡化，急需將大陸親友的心意在他死前傳到。一路拍了許多照片，杭州藝專舊址，宿舍門口的那張尤其有「人生如夢」之感。同學一個一個全老了，但都能辨認得出，有的拍了全家的，那就連主角也迷糊在整個的陌生裡——它們能安撫席德進。我只宜悄然引退。信、贈物、照片，都沒有交出，就像我「以後」還可以把一切向席德進說清楚似的。我常常看到人們要做「這樣的」一件事，結果做成了「那樣的」一件事，他們以為做好了，因為，已經做了麼。他們習慣於把「做了」看作是「做好了」，不分別「這樣」、「那樣」。

當時是夏。我猶存幻想。

秋，幻想絕滅——我本企望奇蹟，癌症中有自行好轉或為特殊藥物治癒的例子。

噩耗傳至已是八月杪，滬地同學沒有形式上的追悼。吉訊與凶訊相隔僅兩個月，等於連接著傳來，大陸的同學親友，剛開始分享了他藝術上的成就，幸樂的心情旋即淪為哀傷。也有人寫了文章登在刊物上，看了之後覺得未必是弔喪，倒近乎湊熱鬧。

辦公室的窗外，秋初的草坪綠色未滅，盡處是池塘，再後的林間是每日散步的曲徑，黃葉襯著午後明豔的藍天——與我同輩的朋友已消亡了幾個，結局都是始料所不及，亦可說還不及料，驟爾故世。記憶中，仍是年輕的音容笑貌，都沒有病相老態？青春原來是這樣存在著的，常說的「中年人」、「老年人」，內心其實是青春的。或說青春在形體上呈現得很短，在內心卻留存得很長。「青春」和「生命」是同義詞。如果內心也枯朽了，那麼活著的形體是個假象。席德進夭折在他最青春最有為的生命階段上。從帶回來的照片看，他有了一份從前所沒有的美感，由於消瘦使臉的輪廓顯出剛性，而且他宜於這種豐厚的髮型，他從前畫的克利斯朵夫像便是這種髮型——如果對他說，後期的席德進比前期的席德進美得多了，他必定會反駁而狂喜——是這樣的人。

連日來午膳過後，沿池塘踱入林間，席德進的近殤，引悼十多年以還的諸位亡友……當初各奔前程得失沉浮已不必厚非，卅餘載音訊全杳也已不足為憾，只待重逢的一夕目擊而笑，細數風霜沉著痛快，人生至樂可謂無過於此，就像我們之所以苦苦執著性命，為的便是換取如斯的酬償——詎料一個一個相繼永逝，而且沒有一個堪稱安詳瞑目，他們的生命都是被攫奪遭摧毀的，其中亦有敗德而自取滅亡者，我也原諒，著眼於疇昔賢美的一面。早歲從書本上看到歌德、福樓拜遲暮獨兀的荒寂，那時我年輕，隱隱感到愴涼的況味，而今親嘗備受，才識得每代人都要從頭銜恤體會過來，然後過去。

人生三十僅只是試立，五十，庶幾正立，六十能不惑也還未見得。所值的時代，動輒顛倒乾坤斯文掃地，史學文學哲學一概垂頭莫對。要在這樣弔詭的亂世苟全性命，曲折離奇地獲取個人的成熟，真是唯有靠天假以年了。「成功之路，往往看一個人是否知道要多久才能成功。」孟德斯鳩這一珍貴的高見，席德進是明白的，所以臨終的他，萬分不甘心……

自來美國，有關席德進生前故後的資料，都一一看了——那麼，他真是一直逕自走著約翰・克利斯朵夫的路。羅曼羅蘭在其小說的終局，克利斯朵夫渡過了河，象徵性十分粗淺，不妨權且引作比喻，席德進是有望渡河，突然折倒在岸邊。雖則生命不直接等於智慧，長壽者未必超凡入聖，但說「死亡是一種美」的是高齡碩果的畢卡索。

評析席德進的藝術，是我渴欲暢言的心願，如果全面成文，那是「祭文」，不是「論文」，我只在乎對他一傾積愫。他從前向我吐露的是情的隱私，而今我想款罄的是理的評訟，面對面談，謂之坦率，單方撰文而公之於眾，我就不知讀者為誰了。

死，使「情的隱私」朗淨以成人生的暖意潤感，而「理的評訟」，卻正因生死之隔，只好適可而止，所以我諱避了這類題旨。自己悶鬱著就是了。生離，死別，使我們無緣共事藝術的探討。克利斯朵夫的路，已是乏人回顧的陳跡，所以席德進是孤苦的，惶惑的。所以「渡河」之喻，哀歎是雙重的：一是年命，二是器識。

死者，沉睡在青色的宮殿裡，當世上有人懷思時，眼瞼徐徐而啟……懷思淡去，眼瞼又閉闔了——梅特林克是這樣寫的。

一九八六年，席德進逝世五週年

雙重悲悼

藝術家的一生，各有其創作的黃金期，或在青年，或在中年，或在老年，三者相對而論，黃金期在晏晚的藝術家，往往臻於大成境界——英銳早歿者屬於才子型，彗星曇花，一時光艷，當然很可愛，畢竟可憐可惜。壯盛有為者屬於健將型，功力修養就深厚得多，作品的質和量，得以像模像樣占一席地，所虧欠的，在於登峰而未能造極。大師型的藝術家，其創作歷程輒長逾半個世紀，一程又一程地蛻化風格，終於擔當了人性中的最大可能，圓融通徹，光風霽月，含笑而逝。

所謂「靈感之作」其宿命是：不可再得。重複一種方法，畫一個題材，它的進向必是：生——熟——爛，故畫家的智能，就在於熟到飽和點時，毅然停止，「成了」，然後另覓十架，尼采對藝術家的祝福是：死亡——復活——死亡——復活……永生。那麼藝術家所上的十架不是七個，而是七十七個七個。頗多藝術家都在這個神聖的殘酷的臨界度上不肯或不知凝斂，順自己的水推自己的舟，卒致覆舟。如果迻借釋家的心理分析來觀照上述的現象，也許應歸類於「貪」、「惰」，然則對於原本清廉勤勞的藝術家，那就更令人悵惘困惑，不知從何詮疏——個人的悲劇歸罪於時代的悲劇，時代的悲劇中亦確鑿有著個人自身的悲劇。

中國大陸一九四九年後文藝思潮一片紅，而淡紅、正紅、深紅還多著層次，對於有名望地位的老畫家，雖然處於改造思想之前列，畢竟又是拉攏團結的對象，不畫工農兵而畫點花卉山水可算是網開一面，只是花卉務必欣欣向榮，山水之間紅旗拖拉機是少不了的。這時，在杭州藝專的展覽廳中，可以看到林風眠先生的「紫藤」、「繡球花」，混雜在張革命之牙舞鬥爭之爪的大量木刻油畫中，顯得一派靜氣，楚楚動人，當然，我是另有感喟的：「林先生在，繪畫在。」

當時的國畫家，以「人民喜見樂聞」、「國際友人欣賞」、「繼承民族傳統」等名義，暫時還有立足之地，而所謂「洋畫家」，即是早年遊學歐美，受西方近代藝術影響的畫家，就一概劃為「資產階級反動腐化沒落的思想意識的傳播者」，明裡是給予相應的地位和工資，暗中是歧視、監督，叫做「內部控制使用」——當我蹀躞在藝專的展覽廳內，站在林先生的畫前，像站在窗前，清潔的空氣施施然透進來，窗外是世界、是歐羅巴、是法國、自由的人的天地……那年代，西方的畫集還未遭查抄沒收，但已經都藏起來，要看也是偷偷地獨覽，一切悶在心裡，知道世界範疇的繪畫、藝術、文化，依然無恙，而一天天變得遠之又遠了。作個比喻：西方中世紀和近代的畫家們的作品，只能在印刷物上接受迷糊的感應，像罐頭食品，牌子，內涵都是極好，而我渴望得到的卻是新鮮果蔬，林風眠先生的畫，就在這樣的性質上，曾經恩惠過我。一個藝術家，與歷史上的藝術家的情誼是單向的，藝術在，人已不在。與同時代的藝術家的情誼可以由單向而轉為雙方，賞其作品，慕其為人，近之，晤之，受啟迪得教誨，飲其玄奧，效其風範——這就是，一個藝術家雖然有足夠多的歷史上的先輩可以景仰追隨，模仿遵循，但也需要與同代而不同輩的活著的藝術家交往，否則，就有孤獨感，甚至悲惶煩躁，以致沮喪頹隳。

一九五〇年秋天，記得西湖白堤的群柳黃葉紛飛，那麼是深秋，第一次作為林家的客人，後來知道林先生也是寂寞的，後來又知道幾個年輕人常去探望他，他不致太寂寞——近玉泉了，灰色圍牆，裡面的院落頗寬敞，居中一幢法國式的二層別墅，也是淺灰的，四周果木扶疏，都落葉了，說是林先生當國立杭州藝專校長時建造的，樓下正房是客廳，很大似的，四壁立滿圖書唱片，坐具是幾個茶褐色絲絨的蒲團，空曠有點荒涼……我又想假如不荒涼倒不對了，這時我已踏上樓梯，十九世紀戈蒂葉他們去見雨果，也難免是此種心情，最好樓梯長得走不完，將面晤一位深深崇敬的師尊，不怕問，不愁考試，只著急於怎樣才能讓他明悉我的真誠，我當時的感覺可以形容為「絕望」，這是首次，也是末次，林先生不會看重我，我也不會再來。

中等身材，深褐色皮鞋，因愛斯坦也愛穿這種圓頭厚底的，隱格花呢寬褲，灰米黃粗絨線高領套衫，十分舒鬆，臉上佈滿笑容，所以看不清楚，只覺得顏膚光潤氣色極佳，頭戴法蘭西小帽。也深褐。另外，一隻煙斗——林風眠。

在紅旗成陣，鑼鼓喧天，處處高呼萬歲，滿目軍裝藍布人民裝的中國大陸，我見到林先生，就等於證明除了紅旗鑼鼓軍裝人民裝，還有別的可能的「現實」存在——他說著、笑著、抽著板菸，那麼他去過的地方我也將會去，巴黎、波恩、佛羅倫斯——藝術家除了一己的抱負志願要酬償完成，他還得擔當一份「象徵性」，這是時代歷史賦予的，但丁、歌德、貝多芬、達文西……他們擔當的最大的「象徵性」，而尚有中的、小的、乃至微型的，都得由上帝的選民來一一擔當。常聽到的什麼「一代宗師」，實在也是含糊其詞，「一代」又在哪裡。如果「一代」不景氣，豈非有辱宗師，我所目睹的，有以教我的某幾位前輩先驅，是在於他們各有象徵性，不同時不同地，他擔當過大小不等的象徵，使我們這種二十歲左右的藝術初征者，能夠理得心安地走自己的藝術的路。海外人、局外人、門外人是難於理解我們當年的處境，且不說走投無門，就是日常的悶鬱，已夠淹霉一棵稚嫩的苗子，但既然看到了長者的人和畫，人如其畫畫如其人，勇氣信心油然而起，一切顯得自然了，必然了，盎然凜然昂昂然了

——環顧長方型的畫室，壁面全蒙三夾板，取木質本色，近頂處有幾塊斜豎的磨砂玻璃，內安乳白燈泡，畫桌巨大，兩側置落地長桿照射燈，紙是宣紙，顏料是水粉，在那時，以繪廣告用的水粉色和合墨汁畫在宣紙上，乃是首創，兼水墨水彩之清靈，油彩粉彩之濃郁，學生們驚悅讚歎，以為是一條新徑。而且老師很風趣，善於應和孩子們的傻氣，不時縱聲大笑，添幾句即景點題的

正經俏皮話，他語調輕，笑音響，這是好的，如果語響，笑輕，那就不好了。畫桌下一方小氈，圖案是孔雀開屏，夜晚，四野肅靜，但聞風吹樹枝，踏在孔雀頭上，據說常常畫到天明。

我們好像是五六個人，畫室不小，已鬧盈盈地，又吃點心了，以藍花粗瓷大碗盛來，是湯圓抑年糕就記不真，其實我一直處於昏瞀狀態中，又要看畫，又要看畫家，又要說話，又要品味環境，平時過的是單調枯索的日子，突然羼入顏色音響形象的游渦中，流動太快，應接不暇，既願意這樣無休無止地進行下去，又希望早些脫出氛圍，由我獨自走在秋風蕭瑟的西湖白堤上。

一個人的青年時期，總有幾段難忘的時刻餘韻終生。自從那個下午之後，我沒有再去林先生家，西班牙有位文學家叫阿左林，他有一篇散文，〈阿左林是古怪的〉，我或許更古怪，別的同學、朋友都時常去玉泉那邊的淺灰色別墅作客，來邀我同行，我說「不想去」，「為什麼不去」，「沒什麼」，「林先生說你是畫家，更像詩人」，「……」，「去吧」，「我不是畫家更不是詩人」——真的從此沒有去，有時途經那玉泉路邊的圍牆，望望裡面淺灰的二層樓，下午，灰米黃舒鬆的粗絨線套衫，法蘭西小帽，煙斗……

上海。

一九五一年我們這幾個年輕人，有的輟學，有的辭職，都從杭州轉到上海來了，在當時，誠是古怪行逕，由於受不了那些集體主義的「規章」、「制度」，甘願流浪謀生，以為上海不同於杭州，或者還可以容許我們闖蕩。

林先生在杭州，來信說他尚稱安好，一邊嚼花生糖、胡桃，一邊畫，畫到早晨是常有的事，信寫得很長，很仔細，字跡極真樸，不按中國書法碑帖的牌理，卻字字有美感，蒼勁姿媚自成風調，其實是一種經久淬鍊過的孩子氣。他在信上說：

「我像斯芬克士，坐在沙漠裡，偉大的時代一個一個過去了，我依然不動。」

林風眠先生擔任國立藝專校長時，校風開明，學術自由，真正體現了蔡元培先生的教育方針和美育主張，兼容並包，博大精深，至少曾經是一個目標，一個理想。林先生無黨無派，卓然獨立，九十餘年如一日，這種範例在西方社會，自非罕見，而在中國大陸，卻是難能可貴，唯其難能，尤為可貴，試看當年多少畫家，有閒幫閒，有凶幫凶，損人利己，不利己也要損人——那麼，林風眠先生真的像斯芬克士，坐在紅色風暴的文化沙漠裡，靜看自命為偉大的時代一個一個過去，他日夜作畫不止，這是他的創作的黃金期的正式開始。

似乎因為意識到有林先生在那裡畫畫，我們暫時不畫也毋庸著急，便一心去打工，醫學掛圖、舞臺佈景、臨時代課，有什麼做什麼，市內房租貴，借宿在郊外，吃路邊攤，自備胡椒粉也算是一種闊氣。如果寫信給林先生，怕檢查，便稱「媽媽，你好」，夾入許多小市民的兒女家常話，也不乏雙關、暗語，反正先生大智慧，都能體會得出的，其實這些年輕人一點也不「反動」，毫無機密可言，都只為政治環境萬分敏感，一旦發生誤會，對先生有所不利。

好像也沒有多久，不動的斯芬克士被動了，林先生在杭州藝專受排斥的現象由隱而顯，由緩而劇，後來他還表演給我看，「學生見我走來，都這樣，這樣，把身子貼到牆邊，就像我帶著瘟疫病菌……」先生畢竟諳通時務世故，西湖雖好，玉泉的老家已非久安之地，再留戀，是大不智，便悄然辭職，也到上海來了——姑且舉一個事例，便可明瞭那光景的杭州藝專的「大好形勢」——所謂「文藝為工農兵」乃是總的創作方向，而藝專是個學習機構，在技術上方法上有所借鑑於西方，實為平常正常，但是不，希臘羅馬雕像的石膏模型一概廢了，印象派、野獸派、立體主義、表現主義……這些畫冊都禁看，實寫的，文藝復興大師的畫和雕刻的印刷品可以翻翻吧，開大會時，領導人作講話，徹底批判西方資產階級藝術，口號：「文藝復興滾出去！」——好了，意大利文藝復興三傑也要遭驅逐，我等小子早走一步還算是機靈識相的，而斯芬克士先生也算走得及時，我們心裡清楚，林先生的「動」，是為了繼續保持他的「不動」。

林先生離杭遷滬的決策乃英明之舉，從那時始，直到「文革」前夕，是他的繪畫創作黃金期的巔峰階段，他擺脫了教務牽累，不必上班開會學習受「批評與自我批評」的折磨，久處樊籠，忽得自在，總是生機勃勃，創作欲空前旺盛。

我還是阿左林脾氣，古怪的，去拜訪一次，就長時不登門，待到被迫脅：「邀你三次了，再不去林先生會生氣的。」我一笑，立刻就跟著走。

南昌路，以前屬於法租界，林先生的寓所是幢法式樓房，前鄰法文協會，後接法國公園，那一帶的行道樹，上海人叫做法國梧桐，其實是楓科，因為枝幹光淨，又佈滿於法租界，想當然地定名法國梧桐了。從路對面，可以望見二樓客廳的窗，帷幔長垂，暗無燈光，過路按了門鈴，林先生必是從畫室轉入客廳，在幔縫間俯察來者是誰，不欲接見，就闃無動靜，有約，或願晤，便親自下樓，到小天井時已說笑稱呼——這是從前法國僑民的住宅，樓梯暗暗，扶欄木質堅緻，上下交接的折角處，立著一雙馬靴，皮質精良款式優雅，幾次想知道這是誰的，後來我自己解答，是從前的屋主剩下的，放在三角小平面上很恰當，有氣氛，林先生就不去動它，日久蒙塵，更古趣。

「茶？還是酒？」

一到畫室坐定，林先生慣於這樣問，我擇其一，從不說「隨便」，如果我問客人，也願他有所指定——五十年代的中國大陸，所謂「高貴者最愚蠢、卑賤者最聰明」，能一坐下來就得到主人親手倒給你的一杯萊姆或白蘭地，感到分外瑰美，真是愚不可及了。酒、茶、言、笑，有時去附近的川菜館「潔而精」共餐，最快樂的當然是看林先生的新作，一位畫家，必定是一位批評家，創作的過程原係批評的過程，尤其畫到中途，這位批評家岸然登場，直到最後畫完，他還理所當然地逗留不去，至此，畫家退開，畫裝框，上牆，畫家成為觀眾之一。除了這種態度，還可另有態度：當別人看他的畫時，他在旁看別人的表情（面部的、肢體的），聽別人說話（無論是貶是褒是理解是誤解），那時，他等於借了別人的眼來看自己的畫，憑藉別人的心智來掂估自己的精神產物——林先生之喜歡我們看他的畫，說他的畫，大致由於上述的緣故，他叨著煙斗，雙臂交疊在胸前，微微笑，時而大笑。畫平攤在客廳的地毯上，我們站著，彎腰俯視，林先生立於對面，他看到自己的畫是倒向的，他在看我們，我們的注意力完全集中於畫面，沒意識到畫家在借用觀者的眼，甚至心，我意識到，也不多想，似乎想是不敬的，不禮貌，僅僅覺得一個畫家最歡樂的時刻，大概便是這樣的時刻，而這樣的時刻也是輪流獲得的，當我以自己的畫求教於林先生，我也偷借了他的法眼，評騭了自己的作品。在畫家的一生中，這樣的歡樂時刻終究是嫌少不嫌多。

他給人看畫是分類的，亦可謂分等的，猜度你的傾向性，拿出你所特別喜好的，此為分類，他不願將自己鍾愛的作品給鑑賞力不夠格的人看，此為分等——單論這種態度和方式，我就衷心認同，何況總有辦法誘得先生將祕藏在隱僻處的靈感之作，親自一一打開（那是指五十年代後葉至六十年代上葉，在滬地所作的畫），大約一百來幅，67×67cm，宣紙、水墨粉彩。最好的是「靜物」，一隻瓶、一片布，兩三果子，簡無可簡，調子暗，色彩卻變化多端，蘊藉在灰黑之中，統體素淨，用色用得如此貞潔，沒有在別家的畫上見過，而且是大塊面平塗的，肌理微妙，處處有生命悸動，形成最輕極限的戲劇性，那些被作為素材的瓶罐杯盞，都不再是實物的映象，純粹昇華著畫家的觀念的假託，所以畫面上一味稚氣拙憨，整體效應卻剔透空明——每當我看到這些「靜物」，想到這些「靜物」，無不心凝神釋，為林先生慶賀，他得到了傑作，沒有人曾經畫到過那麼靜，而如果循著這條幽徑，再要畫，似乎也是不可能的。

另一類是「風景」，往往是中國江南的庭院，中間幾椽平屋，周圍草木扶疏。草是閒草，甚至蒿萊蕪雜，木也不分科別。不擇姿勢，滿幅信筆亂塗，這種熟練後的生澀，嚴謹中率性，興高采烈，卻有一股恬漠沖穌的逸樂，沁人脾腑，兒童畫的天真是先天之真，畫家參透原理，控制筆墨，隨意揮灑，是後天之真，一草一木，魅力四起，而且，中國古代畫家是以墨代色的，林先生是以色代墨，筆法又完全脫出前人窠臼。這類「風景」的組合要素極為豐盈，佈局是中國山水的三點透視，人形是明清服飾的仕女，有木偶、皮影趣味，大量的線是從瓷畫漆畫上得來的飄俏流利，於是，整體對待一幅畫時，富有現代設計的裝飾性，那是指快樂主義享受程度上的視覺饗宴。

其他如蘆雁、魚鷹、貓頭鷹、小鳥、鷺鷥、裸女、京劇越劇人物，風格也強烈得一望而知出於林風眠筆下，而與他的「靜物」、「風景」中的傑作相較，就顯得次要了。林先生受西方繪畫的陶冶影響，或可列為從印象派到立體主義這一段史程有所淵源，我曾問過：為何不再朝前探索，他回答：「我畫我懂得的，不懂，我不畫。」這當然是誠實，沖謙自牧，珍貴的美德。我在看了他的某幾幅偏重形式結構的畫後，又曾問過：何不索性進入「抽象」，他希望我寫一篇關於現代抽象主義的論說。雖然都只是輕快的言笑，我一直是放在心上的，籌思這樣的一篇文章，但時已不及——大難臨頭，從此沒有見面的緣分了。

一九六六年，「文革」掀起不久，便傳來噩耗，林先生被拘留於上海市公安局第一看守所，按滬人常識，凡重大政治犯，都是關押在第一看守所的，這時候我們幾個學生亦各有困境險境，終於先後入獄，直到運動後期，我才知道，林先生的最好最有代表性的畫，都毀滅了——是畫家親手毀滅了它們。

海外人士一定會詫異，紙本的未經裝裱成軸的畫，等於是張薄紙，一百張一千張，也有地方可以匿藏，只有親身經歷過「文革」的受難者，才知道那是上天無路入地無門的絕境，紅衛兵、造反派輪番搜查抄，手段之橫蠻潑辣，方法之刁鑽精到，確是史無前例，牆壁鑿破，地板撬開，瓦片翻身，連桌上的一盆菜也倒出來用筷子爬撥，是否有罪證混在菜裡，要想保存一幅畫都不可能，何況十幅百幅，海外人士雖然看過很多「文革」史料，知識份子如何關入「牛棚」，強迫勞動，藝術家如何受盡侮辱，精神失常，但難於想像一個畫家會輪到不得不親手毀掉自己畢生心血的結晶，這比消滅自己的肉體更其慘痛酷烈，因為「自殺」是一種選擇，放棄生命萬事皆休也可說得到了解脫，而當一個畫家正處於成熟期，創作欲如火如荼，前景無限輝煌，突然，他的畫即是他的罪，要生存，必得將畫毀去——人人都是第一次遇到

「文革」，中國的歷史經驗是秦朝的焚書坑儒，明清的文字獄，西洋的歷史經驗是中世紀的宗教裁判庭，二次大戰德國法西斯，這些過時的平乏的常識，根本不能應付「文革」的險惡暴亂，愈想愈覺得這些畫必定會致自己以死命，本來林先生在家中畫，晚上畫，外界不明底細，到了這個舉國瘋狂的時刻，破四舊，清算洋人古人，打倒反動學術權威，有海外關係的，叫做「裡通外國」，間諜特務，帝國主義在中國的代理人，林先生的畫，單是一張，就可以羅織多種罪名，我以自身的體會，完全理解林先生當時的恐懼心理的壓力，全上海市到處是遊行的鑼鼓聲，口號聲，人潮洶湧，馬路和街道里弄火光煙氣瀰漫，批鬥、示眾、遊街、押赴刑場、各派系爭權、流系之中內訌，真槍實彈、血肉橫飛……在這樣的時空中，再看看自己的畫，如果暴露在紅衛兵造反隊的面前……

畫在人亡

人畫俱亡

畫亡人在

三種可能，必須立即作出判斷而定抉擇，第一種其實就是第二種，人因畫死，畫也不會留下來，所以，什麼「只求畫能保存，寧願犧牲性命」，此種迂腐之見是自欺而已，當時也會驀然記起中國古諺：「千金之子不死於盜賊之手」（林先生辭教授之職而退隱申江，庶幾不負「千金之子，坐不垂堂」之訓），唯有放棄畫，減輕罪名，人才有望活下來，才符合為藝術殉道的精神，林先生當時的決策，不外乎上述的原委，他說得簡明：「只要人活著，還可以再畫。」——這是明智的，大無畏的，藝術家下了最沉痛最激烈的狠心，他獨自在南昌路寓所的浴室裡，用火，用水，燒燬和沖走了十年十五年累積下來的傑作，在中外古今的美術史據上，沒有比這件故實更悲慘的例子，而悲慘的事，還在後面……

達文西、波提卻利他們畏於宗教迫害，也曾燒掉過一些畫，所幸是次要之作，米開朗基羅也銷毀過自己的作品，那是他不願留在人世的部分草稿，也許有人會疑惑林風眠先生何以如此膽小怕事，應知在暴君暴民的淫威下，多少人由於一點誣指的「反動罪證」，或立斃，或長年折磨而死，死了，膽大又有什麼用。也許又有人會感歎，不懂謀略，缺乏黠智來轉移這些畫，那就要請明白在當時當地，誰也不敢為誰承當「罪責」，再親密可信託的人，在史無前例的高壓下把你出賣了，妻子揭發丈夫，子女檢舉父母，人際關係真所謂「別人就是你的地獄」，你去過哪裡，何人來過你這裡，一查就整個兒兜底翻出來，況且動輒「辦學習班」、「隔離審查」，與外界斷絕音訊，精神崩潰而喪失思維力，刑逼口供而致軀體殘廢……林先生就是在這樣的自毀畫作之後，還是被關入看守所（比監獄更壞的地方），飢餓、昏悶、酷熱、嚴寒，一分鐘也難忍受，他忍受了四年，足見林先生的意志之強，耐力之深，堅持以不死殉道，當他再回到南昌路寓所時，已近七十歲了，在藝術上，他一向是最勤勞的，畫禿的毛筆成綑成堆──稍事休養後，他便奮起作畫，力圖追復他所失去的纍纍碩果。

是命運？是年齡？是思維方法？是人情羈累？──也許都是，都不盡是，最終還得歸諸於藝術自身的森嚴律令：凡靈感之作，留則永存，去則不返。

以林風眠先生漫長一生的藝術勞作的全過程而論，六十歲前後可說是他個人的「壯年期」，八十、九十歲才是晚年，自從他到了香港以後，我衷心祝福他身心得以康復，優游頤養於新天地，出新作品──據可考的記載，文士史家遭兵燹火災而著作盡失的事例，不算太少，後來由本人憑記憶重寫而畢功者亦歷歷可指，那是因為中國的文字向來是成誦成吟的，容易一字不漏地背出來，況且敘述性的記錄，資料性的蒐纂，還可以有所摸索攀援，唯獨繪畫，非寫實的畫，即興式的畫，超越畫家自身的正常水準的畫，當時是下筆若有神助，過後則神鬼不靈，無可奈何——是故劫後餘生的藝術家所能再盡的努力，在於捕捉新靈感，創造新作品，反之，牽縈於對過去的傑作的悼念，總是想著「以前我是怎樣畫的」——自己模仿自己，自己拷貝自己，即使做到貌合，總歸落得神離，一片公式，一灘概念，模仿自己比模仿別人更不濟。「靈感」是無上矜貴的，只在清新的心智湍流處，它才偶爾輕輕掠過，它從不肯停棲於殭木枯枝上，「靈感」是最難邀請的，如梵樂希所吟詠，多少個夜晚的虔誠等待，一次青春怎夠用，必得期之於二度三度的青春。

之後，我只看到過林風眠先生在一九八〇年間赴法國展覽的那一組畫，香港製作的，它們實在不足以表示畫家的原有水準。再之後，凡刊有林先生作品的雜誌、畫報、畫集，我總是仔細流觀，一次比一次散了，鞸了——藝術家達到爐火純青隨心所欲的大成境界，其「心」，是自己的不可更替的「心」，如果不純粹是自己的心，或者自己的心乏了，那麼隨心所欲又是什麼呢。

《馬可福音》第二章二十一節：

「沒有人把新布縫在舊衣服上，恐怕所補上的新布帶壞了舊衣服，破的就更大了。」

《路加福音》第五章三十八節：

「新酒必須裝在新皮袋裡……」

二十四節：

「凡要救自己生命的，必喪失生命。凡願意喪失生命的，必得到生命。」

在經上已有箋注：「生命，或作靈魂。」如果引伸為「靈感」，也就不言而喻了。善意的誤解畢竟還是誤解，一枝牡丹，花已謝，人們以猶在之葉論不在之花，為這樣悲劇我將憾慟無盡。我所曾經見過的林風眠先生的傑作，是從一九五五年至一九六五年這十年中的近百幅畫，其中之半數，曾被讚為：

像花一般的香
夜一般的深
死一般的靜
酒一般的醉人

這些畫，保存在時光的博物館中，愈逝愈遠。

飄零的隱士

她是亂世的佳人，世不亂了，人也不佳了——世一直是亂的，只不過她獨鍾她那時候的那種亂，例如「孤島」的上海，縱有千般不是，於她親，便樣樣入眼。她的文學生命的過早結束，原先是有徵兆可循的，她對藝術上的「正」和「巨」的一面，本能地嫌棄，而以「偏」和「細」的一面作為她精神的泉源，水是活的，實在清淺，容易乾涸了。喜歡塞尚的畫，無奈全然看錯，其不祥早現如此。正偏巨細倚伏混沌，人事物毋分雅俗，分了，兩邊都難有落腳處。

——〈嚮晦宴息〉（《素履之往》一九九二年）

我初次讀到張愛玲的作品是她的散文，在一九四二年的上海，在幾本雜誌間，十五歲的讀者快心的反應是：魯迅之後感覺敏銳表呈精準的是她了。

當年日寇占領大江南北，通稱「非常時期」，將來自會作為國難國恥而詳見於中國近代史，然則此八年中淪陷區的文化動態，就不可能列入中國近代文學史，因為事關「敵偽宣傳」、「奴化教育」——明明是世界大戰，日本侵略中國，卻是夜夜燈紅酒綠輕歌曼舞，好一番粉飾太平的親善伎倆，文學雜誌如雨後春筍，男女「作家」，眉來眼去，這廂錦江春色來「天地」，那邊玉壘浮雲變「古今」（「天地」、「古今」皆雜誌名），知堂老人遊江南，海上女作家大型座談會，《結婚十年》暢銷再版，還有吃板菸的魚、拿手杖的魚招搖過市……興興轟轟直到日本一宣布投降，這些夕陽中的文學蜉蝣霎時影跡無蹤，四十年後，我到得海外，才不期然而然地逐一知悉，彼等皆有恙無恙地健在，都易名改姓久矣，唯張愛玲仍然姓張名愛玲，足見其明智、果敢，一九四九年後，似乎她還不想離上海，出席過滬地作家的一次集會，似乎處在漸悟狀態中，似乎後來有了頓悟，你說呢。

「星沉海底當窗見，雨過河源隔座看。」

她也是喜歡這兩句的。

「成名要趁早呀。」

張愛玲這一聲叫帘，當然是憨孌逗人的，將謔無謔的詩經裡的作風，她自己分明年紀輕輕已經成名，這一叫，使老大而無名者，青年而嗷嗷待名者，聞聲相顧以太息。眼看《流言》出版（病黃封面，畫了個三姑六婆狀的木偶，藍的），《傳奇》又出版（暗綠封面，湧起大朵青雲，即所謂「如意頭」的吉祥圖案），書店裡、報攤上，張愛玲，張愛玲，電影院門口，今日上映「不了情」，主演：陳燕燕、劉瓊，編劇：張愛玲，就是這個張愛玲真會穿了前清的緞襖，三滾七鑲盤花紐攀，大袖翩翩地走在華燈初上的霞飛路上，買東西、吃點心，見者無不譁然，可樂壞了小報記者。

故曰張愛玲的成名特別像成名，故曰她之所以成為「佳人」正巧生逢「亂世」，試想她的作品如果發表在「五四」時期，星多月不明，未必會如此受注目受歡迎，再假設她到一九四九年後才寫出她那樣的散文和小說來，徹底埋沒算是上帝保佑，一旦在政治運動中被檢舉或搜查出大批原稿，則批鬥個沒完沒了，此生也就廢矣。

話說「上海」這塊地方，民國後向來是中國文學的中心，二次大戰期間，老的、名的作家都到重慶或昆明，搞抗日的救國文學去了，另有一部分則投奔延安，或赤區，結集意識形態，以文藝為武器志在必得天下了，上海一成「孤島」，文藝園地為國共兩黨都管不著的空檔，自然兩黨都有地下工作者在夾縫中活動，但社會性的公開性的文化面積，總歸是個大空檔，而文藝是什麼東西呢，文藝是哪裡沒有人管哪裡就有文藝，如果既沒有人管又有天才降生，那就是「文藝復興」，如果雖然沒有人管卻實在也不出半個天才，那就江南草長群鶯亂飛一陣子，完。「孤島」的上海文藝界本來是屬於「草長亂飛」型的一個短時期，唯獨張愛玲寫了可圈可點的散文和小說，連連登在報章期刊上，引得幾位留守在黃浦江濱的「五四」遺老遺少起而喝采，固然不乏捧「角兒」的心態，但也有一位翻譯家在讚賞之餘認為張愛玲的危機正在於才氣太盛，要防止過頭而濫，此話允推為語重心長，然則張愛玲之轟動一時，以及後來在港臺海外之所以獲得芸芸「張迷」，恰好是她的行文中枝枝節節的華彩雋趣，眩了讀者的目，擄了讀者的心，那麼這位翻譯家的話說錯了麼，沒錯，張愛玲在小說的進程中時常要「才氣」發作，一路地成了瑕疵，好像在做彌撒時忽然嗑起西瓜子來。當年的希臘是彩色的，留給我們的是單色的希臘。藝術，完美是難，似乎也不必要，而完整呢，藝術又似乎無所謂完整——藝術應得完成，藝術家竭盡所能。張愛玲的不少傑作，好像都還沒有完成，也不知怎麼辦才好。

張愛玲陪蘇青上服裝店試大衣樣，燈下鏡裡，她覺得蘇青宛然亂世佳人，其實時值國難，身處淪陷區，成功成名多少帶有僥倖性，乃至負面性，在享譽獲利的風光年月中，心裡明白「好景不常」，那流行的日本歌曲「春天的夢」，大街小巷錚錚鏦鏦地唱，「太陽高高在碧空，玫瑰依舊火般紅，我們又在堤邊重逢……」，最後一句是「醒來時可憐只是一場春天的夢」，唱者弗知此乃是一歌成讖，張愛玲和蘇青不致忠厚到相信「大東亞共榮圈」會圈得下去，何況有胡蘭成在旁，香囊兼智囊，她們知道戰後的將來，不是國民黨的天下，而是共產黨的世界，朝代的更替，有一種集體潛意識的預感，從她倆的閒聊中就可知女秀才也頗有行將落空的「遠見」，「來日時勢變了，人人都要勞動，一切公平合理，我們這種人是用不著了」，「只要我們勤勤懇懇去做切實有用的事，總也還可以活得下去的」——幼稚，不，當年羅曼羅蘭、紀德一度也只有這點理解水準，各秉虔誠，矢言放棄舊信仰而皈心低首於新的人類福音，是故，以哲學的角度切入政治紛爭的嚴酷性，那麼張愛玲與蘇青只是兩個風塵弱女子，她們想保持的是她們自己也弄不大清楚的一份金粉金沙的個人主義。

有人將張愛玲比作這比作那，她笑道：「只有把我和蘇青並提，我倒是情願的。」此話可以說是言出由衷，也可以釋為語帶反諷，意思是「五四」以來，論女作家，阿誰可比，候在機鋒上，便用蘇青這個「老實人」來壓壓她們。蘇青自有一股戇氣，論文字功夫、性情境界，那裡抵得上張愛玲，然而這種恣肆無忌的傻勁，張愛玲要發也發不出，所以她喜歡蘇青，與之交往安全實惠，後來呢，一個出國，一個入牢，人生如夢倒好了，人生不如夢，是醒不過來的現實。

「交響樂像是個陰謀。」張愛玲說。

這個比喻我很有同感，無奈世界的構成和進行，正是交響樂式的，音樂會中途退席是不禮貌，從世界中抽身而出也是情狀險惡，難全首領，參至此，逼到角尖上了，不得不套用禪家「看山」公案的三段論：

交響樂是交響樂
交響樂是個陰謀
交響樂是交響樂

張愛玲在第二段上退席，停筆不寫，當然也不失為是「懸崖撒手」之一式，天鵝並非隻隻都絕唱到死的，何況還有一個懷賴的宿命論，足以使人心平氣和，文學家各有其寫作的黃金期，火候未到下筆無神，期限一過語無倫次，都是「文昌」、「魁星」的帳目，江淹郭璞毋須任其咎。

與世相遺，絕不遷就，無疑是高貴的，有耿介，就有青春在，只是怎麼就忘了策略，「物物而不物於物」大可引伸為「隱隱而不隱於隱」，張愛玲隱於隱，就中了世界陰謀的計，從前的人倒知道「高明之家，鬼瞰其戶」而巧加防止，後現代人已經滯鈍得不會做隱士，又不知道怎樣對待隱士。

張愛玲寂靜了，交響樂在世界各地演奏著。

藝術家，第一動作是「選擇」，藝術家是個選擇家，張愛玲不與曹雪芹、普魯斯特同起迄，總也能獨力擋住「若是曉珠明又定」，甘於「一生長對水精盤」。

已涼天氣未寒時，中國文學史上自有她八尺龍鬚方錦褥的偌大尊榮的一席地。

同情中斷錄

他旅行　他回來
他經識了廢墟的暈眩
駝鈴的寂寞
帳下寒冷的醒寤
同情中斷了的辛辣
——福樓拜《情感教育》

「這裡位子滿了，你走錯教室。」

我一揚點名冊，平靜地說：

「我的位子在這裡。」便步上講臺。

滿堂營營然的笑——他們以為我是新來的插班生，我年齡與學生相近，狀貌亦稚氣未泯，較之全校老成持重的教師們，確實一無似處。

課後，學生們扈擁著我，在廊上問這問那。

「我講的你們還喜歡聽嗎？」

「很好，使我不愛美術的也愛起美術來了。」

「你講的美術與我們以前知道的不同，我想，你講的是真的。」

「老師，你是第一次上講臺吧？」

「何以見得？」

「你看了兩次手表。」

教師宿舍的後面是游泳池，學生們自然而然到我的小客廳裡來聊天飲茶，游泳之後總是飢餓，我不能不多備些糕餅點心，看著他們貪吃的模樣，我頗有一種成就感，繼而看畫冊，聽唱片，直到晚膳鐘響才散去，而夜晚，他們還會來，寧可放棄「夜自修」。

如此則弟子逾三千，賢人倒並非七十，大約有十來個，漸漸顯出他們對藝術的愛，以及對我的誠。

人的青春期，與其說是容易感受美術，不如說是容易感受音樂，或者索性說，「青春是音樂性的」。

十來個人中，後來有半數就以音樂為事業，而當時，他們是對音樂漠然無知的高中學生。

浙江省立杭州高級中學，當地簡稱「杭高」，校風嚴正克實，師資都是大學教授水準，校舍是科舉時代的「貢院」，昔者試士之所曰貢院，府州縣學生員之學行俱優者，有副貢拔貢優貢歲貢等名，經貢院試乃升入太學。而我在這裡任教，純為生計所迫，不意莘莘學子間，頗有矢志追隨者，我想，藝術的道路需要有同行的伙伴，與其獃等「朋友」的出現，不如親手來製造「朋友」。

我的年齡是二十剛出頭，他們則還不到二十歲。人生，可說是乍開門，下臺階，尚未踏上路。

五十年代的中國大陸，蘇聯的電影、歌曲、文學譯本，滾滾而來，而舊俄的人文精萃也就此從錘子鐮刀的夾縫間暢流無阻。

我傳述了王爾德對紀德說過的話，俄羅斯文學是偉大的，悲天憫人，尤其是杜思妥也夫斯基，當然先要讀普希金，托爾斯泰。他們也讀梅勒支珂夫斯基，也讀紀德的《從蘇聯歸來》，以及紀德與羅曼羅蘭的論戰。

春去夏來，一學期過完，我本能地「覺醒」：必須離開杭州。西湖風光好，浙江食品合口味，但我會沉淪在平和的朝朝暮暮中，沒有人會認為平和就是沉淪，所以更可怕。

暑假開始，校長親自送來下學期的聘書——我婉言辭職。五十年後自己回顧前塵，也代人回顧，清楚看到，人生事業的成敗，第一因就在於「擇場」，選擇適合你發展的場地，但當時年紀輕輕，何能遠矚高瞻，那得靠與生俱來的本能，小海龜脫出蛋殼即往海水爬去。

法國則巴黎，英國則倫敦，中國，我唯一的去處是上海。

一九五〇年夏天，還有物力供我上莫干山的別墅幽居避暑，綠竹叢中一幢蘇格蘭式的白石建築，客廳、畫室、書齋，臥房的窗下我也安了小桌，寫信寫日記的，牆上貼一紙條，我手書的福樓拜的話：

「藝術廣大已極，足可占有一個人。」

在杭州的學生朋友，每人每週至少來一信，長長的，字跡愈見佳美，因為都在用功臨帖，各宗一家，似乎悄然已入門徑。那些信都是散文詩，遣詞造句，風調初具的樣子，真要一言以蔽之「思無邪」了。

國慶假期，他們上山來，那是前幾封信中說了又說的。旅行、登山、尋師、訪友，一舉而四得，秋遊之樂無過於此。

而我是寨主，款待這批兄弟很不容易，山下無市場，只殺了兩隻雞，倒是他們帶來魚鰻蝦蟹，晚宴是空前絕後地豐盛了一番，山居生涯哪有河鮮海鮮可嚐。

莫干山離杭州也有兩小時車程，傳說干將莫邪在此煉劍，有「劍池」遺跡。夏季清涼，成了避暑勝地，西式別墅紅紅白白，坐落在茂林秀竹之間，而老舊的石級஑道猶可供上下，那又是松濤浩浩巉巖森森，別有亙古如斯的逸趣幽色。

峯巒是前後相距的，剛纔我在等候時，望見他們出現了，人影小小，遠著哩，我爬上大石之頂，揮臂呼叫，那邊的小影子也都揮臂了，山氣日夕佳，輕雲飄迻，鳥雀啁啾，望著那串小影子時隱時現地繞道而來，心中一片欣欣然的空白。

他們一個不缺地站在我面前，七種不同的笑容是同樣的。

他們愛好和專長：

維珂——聲樂　作曲　文學

齊弘——大提琴　散文　詩

敏特——鋼琴　作曲　文學

紀蒙——作曲　哲學　書法

韋仲——小說　作曲　評論

樂濟——繪畫　英文　梵文

客西——文學　哲學　神學

安德烈．紀德在他的《地糧》中，藉奈帶奈藹之名，宣示「要愛而非同情」，我讀此書時正好是奈帶奈藹的年齡，故而以為然，以為可信，可期，也可付出。

五個十年過去後，誰是奈帶奈藹，誰是紀德，都要慢慢地想來，才要問：如果這個世界沒有愛，如果這個世界從來沒有愛，那麼豈非只有同情了，而同情是容易中斷的，始料未及，突如其來，所以使人深感辛辣。

如果改寫為「同情中斷了的悲哀」或「同情中斷了的痛苦」，那就完，那就文學也中斷了，福樓拜是「一字說」的主張者，自己動筆，果然準確無誤地找到那「唯一恰當的詞」——「辛辣」。

我的幼稚而好奇的一念是：福樓拜怎麼也會經識到這個奧祕的感覺，是誰對他中斷了同情？

《情感教育》的結尾，男女主角久別重逢，真的由愛而轉化為同情，可見小說的作者是想了開去，想到世界、人倫的宏觀狀態，故意用暈眩的廢墟、寂寞的駝鈴、寒帳的醒悟，來襯托這一句「同情中斷了的辛辣」，這就遠遠超出狄更斯之上，甚至哈代也會感歎：原來寫小說可以這樣寫。

男主角弗賴特律克終究是個凡夫俗子，恐怕未必覺得著多少辛辣，痛感辛辣的應是真摯人，「真摯」與「辛辣」成正比。

福樓拜恪守「呈現藝術，隱退藝術家」的精神道德（也是個方法論），而終於在這裡露了一筆，這真叫「爐火純青」。

藝術家不完全只許由藝術說話自己不說話，候在刀口上，藝術家自己也好說上一兩句的。

莫干山上的會聚又怎麼樣呢。

我們在山路邊斫了一枝碩大的劍蔴，置於客廳中央，每片濃綠的闊葉上，各豎一枝蠟燭，花柱上聳，開滿白朵朵，燭光圍照著，純潔溫雅清香不絕。

他們走後，我整理房間，覺察臥房牆上的紙條有異：

「藝術廣大已極，足可占有一個人又一個人。」

添了四個字，揣摩筆迹，是齊弘。

是齊弘，我不以為忤，憨孌可人，而且這是何等大事呵。

但冬天來了，寒冷和貧困使我必須下山找職業，同時這些學弟也都要準備投考大學，我們一起到了上海。

我們年輕時所遇上的朝代是平凡而詭譎的，成名成家理應是高尚志向，卻被指斥為「往上爬」思想，是錯誤的、反動的，好像是犯法的，但天天有人成名天天有人成家，又不知是怎麼個爬的。

上海居，大不易，雖不易，豈肯離。

畫舞臺佈景，畫醫學掛圖，像三十年代的黑白影片中的那句經典台詞：「不，我們要活下去。」打了半年臨時工，不行，還得固定下來，才能執著藝術。

翻報找廣告欄，浦東某私立中學招聘美術教師，如能兼教音樂，優先。

我不願當教師，生活逼我重操舊業，而這家私立中學環境優美，又近海濱，可以暫且安身，再作道理。

我從小就想定了「一輩子不工作」，任何工作都是下賤的，飛鳥走獸爬蟲游魚都不工作，我為何要工作吧，因此我工作起來就十分認真周到，我要以工作為手段，達到不工作的目的（後來我是達到了目的）。

而那時，學弟們已相繼考入了大專院校，寒暑假復得會聚於浦東，漫步於海濱，音容笑貌顯得成熟些，也缺掉了鮮活，灼熱。

巴爾札克偉大，司湯達爾深刻，福樓拜完美。
齊弘與韋仲剛讀完《情感教育》，感歎結尾結得真是好。
齊弘說：
「那是像交響樂的最後一章，壓軸的幾下子大和弦，重重地敲下去，才好結束。」
韋仲說：
「這一句有兩種讀法：『同情中—斷了的辛辣』，『同情中斷了—的辛辣』。」
「當然是後一種囉，如果是前一種，那有什麼意思，那還算什麼福樓拜。」齊弘從床上起來，走了幾步。
「我知道是後一種，但有人可能會讀成前一種。」
「那是窩囊廢。」齊弘走去倒在床上。
我說：

「最好找了法文本來，這個『辛辣』實在下得好，不知在法文中是怎麼一回事，李健吾的譯筆是健的，他自己的著作有一本值得看，叫《福樓拜評傳》，好就好在他用了大量的參考書，匯集了各家對福樓拜的論述，省得我們奔走尋找。」

齊弘對我一笑。

我回書房取來這本書，是有意藏起來的，要先把原著讀熟，才可從容看評論。

一夜，人多了，齊弘、維珂、敏特、韋仲……我在樓下聽到熱鬧，他們又在論衡古今藝術家之大小厚薄，我便上來踏入他們的「論壇」，我說：

「定三條要求：一頭腦，二手段，三心腸，頭手心，也就是思想技巧情操，三者都上上，是一流人物，三者缺一，二流人物，三者缺二，或者都平平，不入流，即使當時風光，傳不長的。」

評議進行得頗公正，有爭執，辯難，卒趨共識。

列夫·托爾斯泰，頭腦未免太那個，但他又無論如何是第一流大藝術家，怎麼辦，便稱作「偉大的例外」，反而見得他的「手段」和「心腸」是多麼了不起。

河海小樓，窗下蘆葦蕭蕭，友誼的長夜譚，藝術的小彌撒，幾年後就被座中一人檢舉——「反動小集團」，為首者當然是我，抄家，拘留審查，說來說去不過是托爾斯泰、莎士比亞……愛藝術是要代價的，第一次我是這樣付了。

以「十年」來劃分人生階段是普遍合式的。

六十年代，我轉為美術設計工作者，進而擔任某些形象工程的總設計師，流動性就很大了。

學生兄弟們各奔前程，音訊寥落，有的連地址也遺失，或遷徙不復來信——「藝術道路上的伙伴」，初衷的真實的，現實是虛妄的，更有甚者，往反面反方向鼠竄而去。

維珂——浙江武康人，幼年喪母，父性暴，為政府處死，兩個哥哥是有職業的。

我入「杭高」不久，在圖書館中見他閱著柴可夫斯基的《我的音樂生活》，談起來知道他非常愛音樂，想學歌唱學作曲。

維珂常來我宿舍聆唱片，斯文多禮，聲言懇切，所涉稍深，知道他學費生活費都極困難，我便每月接濟他。

我到上海，維珂也隨之而來，說準備投考上海音樂院，忽而有個年齡比他大的女人玩弄了他，忽而那女的去北京他也跟了去，來信說正在下苦功，有望進中央音樂院，無奈日子艱苦得快要斷炊了。

著即籌措，得款速寄，我也來不及細想究竟，只指望他入了音樂院就一生定局。

維珂早就施出鬼蜮伎倆，他盜竊了我在杭州的藏書，賣錢自肥，還把一套精美的莎士比亞全集送給了那個女人，他去北京時又連騙帶偷地拿去了法國版的羅丹雕塑集，意大利版的米開朗基羅全集，和一條美國貨羊毛毯。

藉偷竊詐騙以營生，然後成為音樂家，這樣的軼事我是沒有聽說過，只聞知音樂家在歐洲旅行所攜行李免於檢查。

騙子的一個絕招是「認親」，他在北京認了一個乾姊，住在她家裡，又認了一個乾媽，想跟她到香港去，又認了一個俄國兄弟，計畫一同回蘇聯。

北京混不下去，再來上海，在地區文化館輔導合唱團，與一姑娘投奔新疆建設兵團，算是結了婚。

我早已不是維珂的老師，而退為他醜劇的觀眾，懺悔錄該是我寫的，怎麼我就被他利用得如此透徹，我的軟弱愚昧一至於斯。

我總以為行騙是不得已才出此下策，庸詎知是行騙成癖淪骨髓，騙子決不徒勞，沒有騙的作用和效果的事他是不做的。

某因，一個女子攜著兩個男孩找上門來，自報是維珂的妻子，邊說邊哭……

「哭什麼呢，他騙我是騙完了，騙你還沒有騙完。」

敏特——父母在香港。如果不遇到我，他是不會學音樂的，他實在不是一塊藝術的料，然而他追隨我特熱心（也真是惡因緣），在我們這個有形無形的團契中，敏特是大管家，吃、住、旅費、借書借唱片，他總有辦法滿足大家，他明顯地沒才氣，也清楚地知道凡事少不了他。

敏特考入上海音樂院作曲系，本是「一勞永逸」的好事，不料在政治運動中他遭到了審查，原因起於他和幾個同學辦的刊物，一追根，我成了該刊物的幕後操縱者（我從未見過此刊物及他的同學）。

我以為敏特不會誣陷我，後來在一次音樂會上與他見了面，那副羞慚無地的狼狽相，使我驚覺：他為了解脫困境，將一切問題都往我身上推，否則，他怎會如此尷尬慌張。

客西——四川口音，初見令人歎一聲「小伙子多帥」，穿著很體面，伯父供養他，因為雙親已去世——伯父在美國，富豪，無子女，將立客西為繼承人。

中等身材，豐肌勁骨，大男孩說四川話最好聽。

談文學談到了新舊約，我驚訝他對四福音書的詳熟，問他是否是基督徒，他甜澀微笑道：

「她是基督徒，我跟著也就信了。」

他曾帶她一同來看我，輕靈敏慧的姑娘，他們將在美國的教堂舉行婚禮，我想。

隔時兩年，客西來上海浦東會我，神色大異以前，幾乎換了一個人，問他，言不及義，她呢，早已分手了，原因呢，搖搖頭，有淚無語。

只當他是病人，要他住在我處別走，康復後再回去——每當夜晚，勸導，責備，安慰，鼓勵……他的反應是沉默，惱怒，或睡著了。

他失蹤，沒留言。

我去找他伯父在上海的代理人，才知客西已離開學校，在社會上游蕩，伯父責令他返校，讀完大學來美國，否則停止供給，客西回道：

「我不要你資本家的臭錢。」

多年後，我收到河南某工廠人事科的來信：「你是客西的老師，請問，他是否腦子有問題。」

客西毀了，愛情固傷人，還是他自己站不住，命。

紀蒙和樂濟是密友，紀蒙豪放，樂濟婉約，對待學業、生活都極度地認真，二人息息相關，形影不離，難得固也難得，未免傖俗傻氣，終非本色。

紀蒙耽於老莊尼采，二王書法，而在學的專科是作曲，與齊弘同校不同系，齊弘瞧不起他，取笑作弄，使他苦惱傷心，總在信上訴怨，把齊弘在校的飛揚跋扈的作為一一告知我，我無奈，齊弘毛羽未豐，怎麼就目空一切了呢。

紀蒙畢業後任教於東北瀋陽音樂院，信來，筆路仿右軍，火氣太大，說他在分析拉威爾的波萊羅舞曲，注釋《道德經》。

歷次政治運動他都受衝擊，過後工作仍舊而職位步步下跌，他藉酒澆愁，一復一日離不開酒。

仗酒使氣，破口大罵，即使是瘋子的話也都要記帳清算，紀蒙酒後的狂訾，一聲聲反彈回來禍害了他自己。

早年我就認為他雖讀書不少，至心朝禮於藝術殿堂，他終究是個剛愎的草澤莽夫，酗酒，罵人，在任何時空世界中都是「完」。愛音樂，音樂可不是這樣愛的。

樂濟者，並不是我在「杭高」時的學生，是後來由紀蒙引見的。他學畫，兩次考美術院校都落第，終於入了廈門大學的英語系，常來信，字跡纖秀，詞句優雅，在集體主義的洪流中，他細細心心保持著個人主義的一葉扁舟，言必稱托爾斯泰的日記，柴可夫斯基的音樂——我感到麻煩，這是傷感而乏味的，但又不能不尊重他的「唯我獨清」，他悲嘆時勢的荒謬暴亂，只能以追求「心靈上的成就」為信念，為指歸。

一年後樂濟受命調往北京大學改修梵文，遇上「反右運動」，人人自危，個個出擊，嚇得他硬是把身體搞壞，取得醫生證明，因病退學，回上海來休養。

當時我在上海市區工作，於是與樂濟合租住處。

至此，他坦言自己之離北大，實在是「看破紅塵」逃避現實，政治運動的卑汙殘酷，非人性之所能忍受，他情願找個微末的工作以求活命。

可算是一種覺悟，但這樣的逃避現實是不現實的。

樂濟找不到工作，生計日窘，只好回「北大」復學。

這一去，就變了，他結婚入黨，寫些媚俗有方的文章頻頻發表，儼然菁英名流，他要「成就」，不要「心靈」，一步兩個腳印地走得起勁。

既有今日，何必當初。

反過來說更對：

既有當初，何必今日。

這幾個人都健壯，只有韋仲瘦弱，患肺結核，不能升學，便來浦東租房於我鄰室，養病，準備投考上海音樂院，照說這也是正常的想望，而對於韋仲，那是渺茫的，他極愛西方古典音樂，頗善詮釋，但要論作曲，他沒有控制全局的魄力和才能。韋仲又與生俱來地愛文學，很會講故事，遍閱世界名著，熟高熟低眼光也很不錯，我期望他成為小說家。

韋仲生性隨和，極易坦誠相處，唯其病弱，尤應寬容體卹。年幼喪母，父因歷史問題在農場勞役，幸後母待韋仲不薄，供他養病生活之所需。

他總是在寫，告訴我新得一篇小說題材，那無疑是梅里美一路的，也近乎普希金，人物的頭像已經畫出來了，男的女的，名字叫起來好聽，幾個字也好看……

幾天後我想看這篇小說了，他說寫不下去，廢了，不過另有一篇已經開好頭。

齊弘生得長身軒昂，寬肩緊膂，方圓臉龐，膚色鮮潔，舉手投足這也青春那也青春，加之憨孌善應對，即之粲然，其實他是一個孤兒，父母當年去了臺灣，且已仳離，大陸只有一位姨婆，還能供養齊弘讀書，老人積蓄有限，漸漸顯得吃力，只待齊弘成家立業，可是他愛音樂，愛大提琴，還得進學校長期修練。

西湖，莫干山，浦東海濱，有齊弘在就笑語不輟，宗教哲學文學音樂繪畫等等，若有疑題，我總可以用俏皮話對付得他滿意，然而他問：

「那麼雞蛋的水份，打開來總是正好，不太稀不太稠，什麼道理。」——我無詞以對。

「老師，你說『超人』，當世界黑暗時，要做個光明，那麼世界是光明的時候，是不是要做個黑暗？」

「世界黑暗，要做光明，世界光明，要做比光明更光明的光明。」

齊弘說：

「相比之下，世界又顯得黑暗了。」他很滿意他自己的補充解釋。

紀蒙的信上說，齊弘愈來愈驕傲，樹敵日多，怎麼辦呢——如果不把別人當一回事，就太驕傲了。

人情之涼薄往往緣於世俗生活的渾噩，「生活」就是這樣地無遠見、無預謀，「生活」是不知伏筆的，是宿命的隨波逐流，前之因不知有後果，後之果早忘了前因。

傳聞齊弘對我的最新評價：「他呀，娶個胖胖的太太，當一輩子中學教師算了。」

也許有人要挑撥離間我與齊弘的交誼，而辨語氣，倒像是他的口吻，他和韋仲本來就曾諷刺我常要發「托爾斯泰病」（指階段性的反思），而那「胖胖的太太」呢，自然是以蘇菲亞作模特兒的。

是現實的時空限制了我的作為，我不會甘心，至多是死心，而死也不甘心。

欠公平的是，我從來沒有小看過齊弘。

我又自作排遣——當年他們這幾個人中，我對維珂的關切每每尤甚，齊弘是深感委屈的，這倒好，日久見人心，維珂被否定，齊弘當然是「首席」。

有一天我將向齊弘道歉，解開他的心結。

許多所謂得大學問成大事業的人，其心理底層都彆著一口氣，我沒得大學問沒成大事業，也為了爭一口氣，表面上可以裝得光風霽月，心底裡陰暗可笑，但，確實。

一九五六年夏，我受人誣陷而入獄，釋放後在臥病的日子中，想念齊弘，寫信寄廣州（他畢業後分配在廣州交響樂團），很快接到覆函，他慰安了我，有難無災還算是好的，也傾吐了一己的苦悶，青壯年華，為那些討厭的樂曲，就這樣消磨在這幾根琴絃上了，曾有蘇聯指揮家欣賞他的技巧和格調，邀他去蘇聯深造，但他的「家庭出身」使他「行不得也」，悲嘆道：「我沒有家，但為家庭出身受累無盡。」

一九八一年（廿五年過去了），我因公出差到廣州，行前決意要與齊弘會晤。

廣州市街景無足觀，想到齊弘常年行走生息在這裡，油然感到親切，快將面對面了，不知這位漂亮朋友見老了沒有，舊雨故知之所以可貴，就在於「無論如何總是信得過的」，一定能前嫌盡釋，三十年代的老歌：「未來種種譬如今日生。」

匆匆辦完公事，尚有兩天可逗留。

問路找到了「廣州樂團」，是一組舊式平房，石階石欄，門窗緊閉，杳無人影，是夏季歇業呢還是外地演出，突然我不想見到齊弘了，功不成名不就，我的虛榮心不能滿足我也不能滿足他。

走下石階，混入路人之中，街道零亂猥瑣，炎陽高照，我心中一片淒涼。

一九八二年秋我到美國，八三年夏從零開始寫作，八四年春第一本文集出版，這該是寄贈給齊弘的禮物了。

他是我的文學作品的首席讀者，因為我所寫的都是從前與他談過的，其中不乏是他的意思，很多印象和主見是莫分爾我的，而且他想不到我會用這樣形象和方法來寫，所以讀來自有直見性命之感。

我住處的鄰室是廣州來的留學生，我著意善待他，然後請他在寫家信時為我要個廣州樂團的地址，最好問明大提琴家齊弘是否仍在樂團，如已調往別處或離開退休了，那就要新地址。

總該先通信，然後贈書，否則就顯得張皇浮躁。

推理和想像，齊弘可能也在海外自由世界，而其父母可能回大陸找他，一家團圓了，也可能遷徙到臺灣繼承產業，我曾經給他描述過阿里山、花蓮港，他是很嚮往的。

還有兩首大提琴曲要題贈給他，許多文字所不逮的情愫，唯音樂繾綣可表，音樂是形上的，隔一層的，所以宜於題贈，其實是慈悲的愛，廣袤的同情，再要遠，那是一片藍天了，姑且標作「海風一號」、「海風二號」。

穩定、慵困、甘媚、憂傷、不用p、不用f，始終mf，時而堂皇，又轉消沉，反覆而前展，音域是有限的，力度矜持不可稍減。

齊弘說：

「老師，人家是成則濟世，敗則獨善，而你，你是成則獨善了。」

「請看《詩經演》〈子好〉，最後兩句。」

也許在音樂廳，也許就在我的書房，燭光熒熒，齊弘輕鬆靈腕，宏亮沉重的大提琴聲：

Sea Breeze No.1 in F magor Allegro

Sea Breeze No.2 in E minor Andante

鄰居青年說：

「信已寄出了，我要姊姊親自去一趟，問詳細，說不定會見到你的學生。」

我心安然，甚至不妨可以先寫起信來，一得地址即付郵。
十多日後，叩門，那青年站在門口：
「回信來了。」
噢！
「他不在。」
那裡去了呢？
「他不在了。」
不在中國，在外國嗎？
「不在世界上了。」
怎麼？
「文革的時候，跳火車死了。」
齊弘不會自殺。

從學生到音樂工作者，其機敏識時務，足夠保護他自己，而且有妻有子女，他不會率爾輕生，在「文革」中我曾為種種朋友估計可能的遭遇，想到齊弘，沒有問題，順利過關比誰都容易。

三十六歲，是個大限，多少天才人物都喪於這個年齡，我不欲貿然稱齊弘為「天才」，但他無疑是屬於「天才型」的一位俊彥，他的驕傲是禍根，在樂團中結怨樹敵必多，平時他能言善辯技壓群倫，奈何他不得，「文革」來了，他的「家庭出身」先就使他落入絕對劣勢，當時，父母在臺灣，那還了得——他一定是劇烈博鬥以求生存，但殺機已成，他跌落在火車的鐵軌上。

教齊弘以文學音樂哲學……未曾教以「兵法」，在十年浩劫的荒謬時空裡，唯深諳韜略者才可能免於一死，現代亂世，還得用古典哲學應對周旋，來勢剛之又剛，我便柔之尤柔，忍無可忍，忍之毋誤，理念已經簡化到「生」就是勝，「死」就是輸。

當時生死大事，視同兒戲，齊弘之死，死於「革命」兒戲。

藝術是泛愛的，而其中每有一份私人性，此者，可不是「世界」、「人類」的概念所能慰藉補償得了的。

齊弘的妻子，兒女，我將去見他們，詳盡問明齊弘的生，死，死後……盼望能得到他的照片，他用過的小物件，他穿過的T恤。

古人用「百身莫贖」四個字，表示哀悼之痛切——我寫，我畫，作曲，就「私人性」而言，都是白費心機了。

設有世界著名的大批評家，對我的藝術橫加讚美，怎抵得上齊弘輕輕的一句「我喜歡」。

藝術與人類的關係是意味著的關係，沒有別的關係。古希臘古羅馬的壯士，戰死不丟盾牌，齊弘之離世，使我盾牌落地。

那年，我已走到廣州樂團的門口，想見齊弘又不願見，其實他去世已快十年……

散文集、詩集、小說集，以新的筆名一本本地出版，寫的都是與我無涉的「他人」，其中的「我」，也是他人的第一人稱，但書的封面卻是作者的相片。

敏特，他在朋友家瞥見了我的書：「啊喲啊約，這是我的老師，很早就給我們講尼采講華格納。」——他是長沙藝術學院音樂系的教授，以交流學者的身分來美國密西西比大學活動。

此人一到紐約便來電話：

「老師您好，我是敏特。」

我約略對答幾句便問道：

「齊弘究竟是怎麼回事？」

「我不清楚，聽說有可能不是自殺，是他殺。」

「誰殺齊弘？」

「齊弘在隔離審查中，不知怎麼他到了上海，那邊派人來押解他回廣州，在火車上，激烈爭辯，推攘到兩節車廂交接口，把齊弘推了下去。」

「此事有否查證立案？」

「我只是聽說，真相至今不明，之後……噢，老師，我想來拜望你。」

「以後再說吧。」

齊弘不會自殺，那殘害他的人必是平常嫉妒之尤者，甚至是兩三人聯手將齊弘扔下車去，口徑一致：「齊弘畏罪自殺。」

幾天後敏特又來電話請求晤面，我大聲道：

「不見面比見面好。」

在擱掉電話的前一瞬間，聽到他怪戾的苦笑。

可以誣陷出賣，又可以重獻殷勤，尤其是敏特，天生是個攀龍附鳳的能手，他以為我氣度恢宏，不知我在人格的要求上是特別小心眼兒的，覆水難收，何況他可能是毒水，他能升為教授派作交流學者，這是要付代價的，我可以又一次成為他的「賣點」，他的「祭牲」，不見面比見面好，這筆生意做不成。

究竟三十年來敏特變成了何等樣人，也許他有所懺悔。

「懺悔」來了，他託人轉交一封信，上海音樂院出的證明書：以前的那件「小集團」案子，敏特是檢舉揭發者……

那麼，他何必要見我呢，見不到，射來這樣一支朽箭，可知三十年白活了，毫無長進，愚蠢得令人吃驚。

到了一九九五年，我第一次回中國時，「杭高」的一輩的學生只剩韋仲一個了，敘舊、懷舊，唯有他諳熟種種私家「典故」，誠不足為外人道也。

我還是要住在外灘的「故居」，那是一幢德國式的老公寓，四層，陰暗而莊重，像走進了杜思妥也夫斯基的小說中，悲歡離合四十年，老公寓積滿了我的紅塵記憶。

而也很想去韋仲那住住，比較明朗活潑，重溫曩昔在浦東時共理食事的溫馨舊夢。

行前我沒有先通知韋仲，豈不更可使他驚喜。

這年的隆冬臘月上海氣候溫和，我果然如願在故居安頓下來，主要的傢具存在，也見老些，它們是我的物證，我是它們的人證，生活，是一樁無罪的罪案，往事如同隔世，當年齊弘他們七個，都曾在此眠食，徹夜劇談，山高水長，不知前途命運為何物，所謂哀樂中年則已是天各一方了。

鄰家的一位大弟與韋仲熟識，從前韋仲來看我，觀劇看電影無不邀約大弟同行，還有一位韋仲的學生也總是形影相隨，與大弟年齡相仿，談得很投契，所以大弟聽到我要去看韋仲，便說應得由他先與韋仲通電話，約定見面的時間地點，只是他與韋仲已久不來往，怕電話換了號碼。

大弟回家打電話，轉來時面色晦如，悻悻地說：

「韋仲變了。」

「變什麼？」

「我說先生回來了，他問住在哪裡，我說住在這裡，他說啊喲還是住在老地方！」

我覺得很怪異，很冷，怔怔地聽大弟說下去：

「我說我們也想見見你的學生，韋仲說：喔唷，他是很忙的，你要見他，要事先電話約好的。」

我用力思考了一下，反應為：

「以後他有電話來，你別接，請你媽媽說，搬走了，不知到哪裡去了。」

四十年貧賤不能移，韋仲做得到。十年浩劫的威武，他屈節，把我寄藏在他家的文稿繳了出去，改革開放，生計好轉，這不能算是富貴，怎麼就淫得不像人了。

翌日清晨，韋仲來電話，鄰居遵我所囑，回絕。

晚上又來電話，不應聲，擱斷。

第三天收到韋仲的信——希望能會晤，彼此年歲已高，這也可能是最後一面。

這是實在的，但接下來就不像話了，把我的文學比作西貝流士、蕭斯塔科維奇的音樂，又說：「你終於成為藝術家，我成不了藝術家，但我是欣賞藝術的藝術家。」一派胡言，天下哪有此等便宜事，聽聽音樂看看書就成了藝術家，倒是說明：有著這樣沒出息的想法，所以沒出息。

一路來他聽音樂讀文學，是否真有領會，因為藝術的第一要義是誠實勤勉地去做個藝術家，而韋仲只是虛榮、疏懶，整整四十年游離不著邊際，「我是欣賞藝術的藝術家」，那是什麼，那是賴倒在地了。

不以成敗論英雄，必以藝術品論藝術家，但成不了藝術家還可以是可親可愛的朋友，一定要住五星級旅館才算夠格，那我寧願獨守老公寓寫我的懷舊十四行。

我帶來的要贈予韋仲的禮物是：我的九本文集，三本畫集，旅行世界的照相集，以及一匣莫札特故鄉薩爾斯堡的巧克力——我的意思是較完整地把我十五年的經驗和成果讓他有個縱觀，沒有什麼誇耀，我所做到的不過是誠實、勤勉。

想不到這個弱者已變得這樣的強了。

如果他在信中自認錯言失禮，我還是會見他的。

如果他直接找上門來，我還是會招待他的。

茶香燈明，圍著圓桌，誰怎樣了，誰還在，誰已不在……這是狄更斯的夜晚，從前的韋仲最動衷於這樣的小說結局。

我清晰記得，四十二年前，上海浦東的河邊小樓，齊弘、韋仲、我，三人討論「同情的中斷」，感佩福樓拜用辭的精當。

「是愛而非同情」，這本是尼采的嗓音卻由紀德吐露出來，尼采是烈酒，紀德是葡萄酒，而我們，我們二十世紀的下半葉，沒有上半葉那樣的闊氣了，我們哪有臉面說「是愛而非同情」，晴空游絲般的同情也中斷而飄失。

他人給予我辛辣，我回報了加倍的辛辣，不過在感知的層次上他們的淺，我深，因為我比誰都弱，駭，畏於承當摧殘。

曾經良善到可恥，我不再良善到可恥了。

一九九八年九月十日

出獵

孟買，土名「叭史」，印度西大州，而通常稱道的是指其首邑孟買，那是個小島，擁有宏深的良港，才成為貿易吐納的中樞。每年這時候，作為棉花行情的勘察員，總得由我在此逗留一陣子，生活的社交圈每年自然地轉換，目前時常是烏黛香珈家的座上客，她母親督製的肴漿濃郁清鮮無不入味，只是香珈舞蹈須於空腹時，觀者至多先飲點酒，一次再次鼓掌，這才把讚美延伸到餐桌上來——將成名未成名的舞孃多半是好客的，包括舞孃的母親。

她又來電話，而且老夫人接下去說：

「唉呀，你上次穿的那套的衣褲，加上馬靴，真像我從前的家裡人，我三個哥哥都是軍官學校出身哪……願他們安息……見了你，忽然又回到老家似的，多麼像呵，你好一派軍人風度，明天下午請早點光臨，上次不算你遲到，如果你明天早來的話……」

如此則必得赴約，換作淺灰套服，白衫深紫領帶，那身衣褲和靴子已盡了引人傷感懷舊的作用。

共餐的尚有香珈的姊姊，面貌不相似，年齡差距頗大，許是同母異父，她叫麗荅，矜持、冷漠，穿戴素淡。旁邊的少年是她兒子，神態溫靜，出言簡明得體，飲身之際，還是與他談談較為悠然。所謂軍人風度，至少是指能在女眷們面前，來些風趣話而自己不動聲色，我留意到那「兒子」笑得最及時，於是加深些語意的轉折，也是他反應最敏捷，他叫札卡。
「這麼多的牛肉吃下去，我擔心，你不是蟒蛇。」
札卡咀嚼著向我憨笑，香珈代為開釋：
「天天忙練肌肉，求他陪舞又不肯，夢想做健美先生！」
「太早，這會向橫裡發展，個子長不高了，幾歲？」
「十二。」
「已經太矮。」
「比去年做的記號高出這麼多！」
「否則是侏儒了。」
「我不想成為蟒蛇。」
「至少得是鱷魚。」
「我這麼醜呀？」
「健美先生，就是說他有一身迷人的醜相。」

「叔叔，如果，如果不要醜，只要迷人，可以嗎？」

「有希望。」

「該怎麼做呢？」

「放下刀叉。」

餐事原已闌珊，待上甜酒，我離席吸菸，被札卡引入側室。

一幀十吋的半身照，臉型有點像他，但帥氣得多，赤裸的胸肩臂膂，各部肌肉相當可觀。

「誰啊？」

他含笑點頭。

「怎麼回事！」

「最近照的！」

「怪？」

「剛練完，立刻拍攝。」

「趁熱，還沒癟下去！」

「現在是照片，我要比照片還厲害！」

「什麼叫厲害？」

「非常非常帥，就是厲害。」

「對的，漂亮還不夠，要駭人才好。」

「駭人就是迷人嗎？」

「就是。」

札卡嗯聲點頭，遞過孩時的影集——婉變如小豹，那麼他現在是既比不上從前也有待於將來，尤其門牙在整型，笑時鋼架全露，什麼時候可拆除？說要過三年四年。

他打開一匣酒芯巧克力：

「我沒有甜酒……叔叔，以後，你會來的吧？」

「你姨媽公演過後，我回去了。」

「回去，還來？」

「一年，明年這時候。」

「姨什麼時候公演，她在臺上會是怎樣的呢，現在服裝不全，不好，姨從前是最難看，我一直說她最難看，這個月才好看起來。」

「前兩次管燈光音響的是你？」

「你沒看見？」

「影影綽綽看不清，為什麼不過來和我說話。」

「你會討厭，我想你要挖苦我的？」

「現在你知道是冤枉我了？」

他笑，輕輕頓足，忽問：

「女人是人比照片好看嗎？」

「就是。」

「不，照片比人好看。」

我懊悔信口答錯了。

「你沒哥哥？」

「沒有。」

「弟弟？」

「沒有。」

「好朋友？」

「嗯……算不上，同學。」

「有……有菸灰缸嗎？」原意是：有爸爸嗎。

札卡從窗臺上拿下一只空的小花盆。

關於服裝飾品評鑑，我完全可以婉詞推拒，卻想起她的姪子上次送我下樓梯時的輕快歡樂的神態，在他心目中，我們已是盟友，健美協會的同道，就允諾了香珈的邀請。

評鑑的過程，不比一場舞蹈短，我也插了些話，其實是為了隱沒自己的觀點。香珈、老夫人、麗荅、設計師，四位女性絮絮於枝節的取捨，何能改變四套配備的摩登趣味，而表演的是古典舞——女性總要兩種東西聽她們的話：一、男人，二、歷史。

照例是先喝點開胃酒，照例是老夫人訴說她少女時代的尚武的家，四周都是果木，開膳是敲鐘的。香珈照例逗我說諧音的雙關語，不猜自破的謎，她柔柔刺一句，旋即道歉又道歉。麗荅不照例矜持，提了幾個不尋常的假疑問，被我回對得放聲大笑，聲態與她的容姿似乎不屬一體。

到這時候還未見札卡出現？說是快考試了，沒讓他知道今晚的聚會，怕他不安心複習功課。

「札卡明顯不凡，感覺靈，悟性強，而且，容易鍾情，好在他將來會精於選擇的。」

「你誇獎他了，不過他是很特別，不喜歡與同齡的做淘伴，總要跟比大的，七八歲時就這樣，上公園，兒童那邊看也不看，卻去混在少年一群裡，現在是挨入青年級了，還有三個半月，才滿十二歲。」

「但是他有童心，如果受完高等教育之後仍能如此，那麼極好，請你告訴他，我願意和他做朋友。」

「太感謝了，你這樣看得起他，上次你和他談了一會，他後來問我：『只要叔叔真是這樣就好了』，什麼是『這樣』呢，你知道的，我也沒有問他。」

麗苔的俏皮話取悅了我，回想自己少年時，也曾渴望得到成年人的友誼而懷疑酸楚，現在輪到的是札卡。

認識這一家，事出偶然……烏黛香珈舞藝成熟，便急於與新聞界周旋，某編輯竟推薦一個外來的棉花商充作評家，我不諱言曾於商務之餘出版過幾本音樂論著，而舞蹈，印度的傳統舞蹈，手勢和眼神滲入語言系列，考證起來十分煩瑣乏味，其實是違反藝術的最寶貴的直觀性——我懇切地敬謝不敏，同時以笑話、馬靴，及偽裝美食家，沖淡了她們對我的失望，本來可以到此為止，明年的社交圈自然又會轉換的，不意出現了札卡，我同情「十二歲」這個年齡，反正我不會長住孟買，容易留下善印象在札卡心裡：是朋友，朋友是這樣的。

公演的請柬附有香珈舞姿的照片，想起札卡的那則似淺實深的警句，不禁一笑。

首場的地點在文化實驗中心，以為有相當規模的局面，至少以小禮服對付，詎知到了那裡，彷彿是個地區性的同鄉會，來賓盡是便裝，五色雜陳，我這一身黑白，顯得誤入叢中自討沒趣，需要另加幾分鎮定，才不致發窘。

舞臺小小，座位一百餘，照明和音樂由該中心的專職司事。搜視全場，沒有札卡，他在後臺作助手嗎——名義與禮節，是來祝賀香珈的首演成功，私心盼望的是與札卡並坐，各執一杯冰鎮的酒，悄聲交換對臺上的形色律動的看法——他怎麼不來找我。

幕間休息，去問誰，後臺化粧室門口，人頭浮湧……問香珈也枉然，我要看見札卡，學期考試早已過了，毋須知道他人在哪裡，那是以後的事——對於香珈一家，我朦朦朧朧，祇知母系是軍界人物，香珈從小愛肢體動作，曾赴英倫習芭蕾，回孟買後開班授徒，有志於更新傳統，至今有主而未婚，姊姊麗荅的夫婿沒見過，也不聞提及，可能仳離已久，我讚許札卡時，為母的目光瑩然，她把愛和希望轉託在兒子身上，她的矜持冷漠，樸素得已近槁晦，是勤於持家教子的緣故……。

小圓廳允許吸菸，向櫃檯要了杯馬丁尼。

下半場令響，來賓紛然經過我身邊，一個赤裸得刺目的妖媚女影，向我招呼，記不起她是誰，而且已爔閃無踪。

香珈舞得很順利，四次換裝，以末場的白金紅的一套最出效果，我端著酒杯，倚牆站到終局，透口長氣，札卡是見不到了，從此見不到了似的。

圓廳太小，顯得盈盈如沸，認出不少熟人來，不能就此脫身，而且香珈已換了便裝走過來，這些外交官、名流、藝術家嚷嚷而舉杯，她合十低首答謝，然後一個挨一個地款談，我算是挨過了之後，解嘲性地舉目四顧，認出那特別袒露的女影竟是麗苔，垂髮齊眉而平，藍瞼、朱脣、雙帶略掩前胸，黑綢裡腰延作短裙，鏤花的長統黑絲襪一直斑斕到黑漆皮高跟鞋——限於身材瘠小，這種時裝的魅力未充分彰顯，而與平常的麗苔作比，無疑足以自我驚艷。

我移步上前：

「你兒子呢？」

「沒來。」

「我找到現在，你兒子為什麼不來？」

「你不要用英語問我，不要提到我兒子！」

我的神色使她補充道：

「別人不知道我有兒子。」

一亮，也可說一暗，我退身走出圓廳，廊簷下擺滿大盆闊葉植物，陰森而安謐，發覺手執的杯中還有酒，得救似地一口喝下，伏特加，剛才自斟的是雞尾酒，拿錯杯子了，派對冷餐上是不備伏特加的，孟買真是不倫不類。

二十以後結婚而產子，三十以後分居而仳離，兒子是童年少年的交替期，際此，人對世界剛剛正式啟目，從此他要記住所遭遇的一切，可依靠的是母親，因為無論體力智力能力都不堪獨立，戀母情結與戀子情結本應是一個結，偏偏女性到了三十之後四十之前的年齡，她不能單純作母親，虛度這水深火熱的十年是不甘心的，於是，兒子就成為障礙，而且再穎慧靈通的兒童少年，也無法諒解情欲的煎熬是怎麼回事，未成年者的生理自省極恍惚浮淺，絕不能領悟中年人的詭祕的瘋狂，情欲是愈精鍊便愈酷烈恣肆，孽火焚毀智能和德性，失魂落魄的燒傷者仍然朝餘燼撲去——這是我從自譴中產生的同情，我更同情孩子少年的惶惑悲苦，母親突然不顧他了，要他離開，甚至巴望他消亡，如果他能明白這是怎麼回事，明白自己落在何種天命難違的境地中，他可以認輸而退讓，可是不幸正在於年齡限定他絕無可能解答，母親為什麼變得如此陌生冷狠，不要兒子，要自己，在兒子看來，母親所要的「自己」不是她自己了，所以，沒有一個母親向兒子坦言過，沒有一個兒子向母親索問過，冥冥中都認定，不堪坦言，無從索問——上帝手造的鴻溝，以這條鴻溝為最黑暗，此一岸我站過，那一岸我也站過。

札卡想知道香姨在舞臺上究竟是怎樣的，他管理過燈光和音響，能與別人執掌的效果作比較——他沒來，他母親不能事前囑咐：「你絕對不可在別人面前叫我媽媽。」

一、札卡根本就不知今天是烏黛香珈公演的日子，外婆、姨、母親都不露口風。

二、安排了另一件事，羈住札卡，無法脫身。

三、知道，鬧得激烈，被禁閉在家。

這是幾種可能，是我虛幻的設想，也正是我童年少年一一經歷過來的厄運。我所寬懷的是這一代的兒童少年，已遠遠不像我所屬的一代那樣拗執自尊，脆嫩易受損傷，他們最多是感到「不如意」，稍轉「如意」就復原了，然而這究竟不能說是一項優勝進化，我至今還是不羨慕任何出於痲木的平安。而札卡，他好像介乎我的一代與他的一代之間，使我有所憂慮。

圓廳裡的人影又幢幢移入劇場，椅子調整為兩個相對的弧形，通明的頂燈下鎂光一閃一閃，記者作餓獸竄撲狀，烏黛香珈宛如穿花蛺蝶，饗領成名前夕的滋味，老夫人出場了，一襲鵝黃紗袍，胸前斜垂紅絲長巾，不停地躬身答禮——隔著走廊的玻璃窗門，從葉隙靜觀繼「舞蹈」之後的「戲劇」，離門頗近的長椅上，麗苔和一男子偎坐著，他也瘦，留鬚，白膚中年人，神色呆滯，無疑是迷亂了，麗苔咕噥不止，眼光定在自己的鞋尖上，鞋尖微微翹動。

她和他究竟要如何呢，以後又會怎樣呢，現在又算什麼呢——混混沌沌，只覺得我是代替札卡在凝視這一男、一女。

西隣子

童年的相片，童年的相片到後來就珍貴了，任何人的童年的相片，與成年的相片並擺著，便可以徐徐徐徐看出這個孩子乃是這青年，乃是這個中年老年人，感知的過程是魔幻的。也有極少的例外，終於無法指認，或因觀者目力不濟之故。

自己所鍾愛的人的童年的相片，同樣很有意思，那時，孩子時，誰也不認識誰，怎知會遇見你啊，「你啊」。假如兒時已成伴侶，相片也同樣逗趣，說：從前就是這個樣子的，你記不得了，我記得。

少年人對自己童年的鱗羽是不在懷的，浪蕩到四十歲，我才檢出孩時的留影，與父母的遺容，置於一個烏木扁匣中。有時開匣，悼念雙親，自己童年的模樣毋庸端詳，徒然勾起那段時日的陰鬱、惶惑、殘害性的寂寞。

姊姊比我大十齡，姊夫比姊姊大四齡，所以其他的親眷相繼喪亡失散後，唯有姊姊姊夫偶爾會提起，提起童年的我，似乎是精靈活潑的，我覺得無非是藉此埋怨我成長以來變得遲鈍冷漠，所以這些追認性的讚美，不能減淡我對自己的童年的鄙薄。

詎料在一場歷時十年有餘的火災中，這些相片被燒掉了。

火災稍戢，有朋友為我的倖存而設生日宴，設在她家，因為我沒有家，她的家也是破後重新收拾起來的。壁上掛著一幀放得很大的孩子的相片，我說：

「你吧？」

「是，六歲時照的。」

「可愛極了，很像。」

心裡忽然充滿自己的往事，一個人，寒傖得連童年的相片也沒有，靠解釋就更像是棄嬰孤兒的遁詞了。

自從姊姊歿後，可知的同輩親屬只剩姊夫，住在市郊的小鎮上，去探望他，得渡一條江，再車行十里。他家的西鄰有個孩子，威良，每次總引我注視，惘然了幾度，不禁問姊夫：

「你看威良有點像誰？」

「像誰，像你，我早想說，真像你小時候！」

是希望由姊夫來證實我的感覺，不防他說得那麼肯定，我訕然而辯：

「一點點像，我是醜小鴨，威良俊秀……」

姊夫笑道：

「就是像，簡直與你小時候一模一樣，臉，像，表情，也像，人家看你時你不看人家，人家不看你時你看人家……」

「誰都這樣的呀？」

「哪裡……你看人的眼光是很特別的，威良也就是特別。」

此後，一見西鄰的男孩，我羞愧忐忑，而且真是但求威良不留意我，讓我靜靜觀察他。孩子十分機敏，藉故迴避我，偶爾相值，他臊紅了臉，我說不上半句話。只有姊夫樂於作見證，不斷回憶出相似的微妙處，而且對威良寵渥備至，常在我面前誇獎他，我聽著，含笑不語，因為如果附和，豈非涉嫌自我溢美。

凡是得暇渡江去探望姊夫，便悄然想起鄰家的孩子，如果為他攝些相片，由姊夫選出其中酷肖於我的，以此充作我的童年留影——這個怪念頭初閃現時，我暗喜不止，如此就更足以蔑視那場大火災，毀滅不了不該毀滅的，接著，卻一層層憂悒下去，時代不同，服式髮型的差異太大。而且我怎能將這個意願向威良說明白……

怪念頭時而泛起時而沉沒，光陰荏苒，願望漸漸減弱成——請姊夫為我與威良合影，等於一個人把自己的兩個時期的相片併攏來，我可磊落聲稱：這是我和小友威良，據說他很近似我童年的模樣——但他肯與我合影嗎，小孩對成人有著天然的敵意，我一直記得。

某日晴好，又是春天又是安息日，長久沒有渡江了。

小鎮景物依然，卻不無生疏之感，這幾年姊夫退休後，會面都在城市，他說人老去，有時反而想看看熱鬧，我們就飲於繁華區的酒家，其實他也是重溫舊夢，遇事豁達大度，平時卻又十分講究細節。他抄給我新址時還畫了地圖，這小鎮我還不是瞭如指掌麼。

姊夫由鎮北遷到鎮南，這幢新樓，我是初訪，感覺是軒敞整潔得情趣索然，我的不速而至，使他分外興濃，舉止失措，語多重複，我憐恤他的老態可掬。

抽完一支菸，話題又轉到新居舊居的比較，我問道：

「你搬來這裡，那麼威良他們還是住在老地方？」

「還是住在老地方。」

「最近見到過嗎？」

「常見，他喜歡棋，一直在教他啊。」

「這可不像了，我從小不愛下棋。」

姊夫認輸似的笑辯：

「哪有什麼都像的事！」

「我想再看看他？」

「……會來，下午，今天是星期日，是吧！下午他總來的。」

姊夫拎了袋糖果，招呼走廊上的女孩去傳話，我跟出房門，關照道：

「不要說，不要說我要見他。」

被姊夫回看了一眼：

「你還是老脾氣，所以知道威良的小脾氣。」

沒多久使者轉回，倚著門框邊嚼糖邊表功：

「威良，威良打算看了電影再來，現在他吃過午飯就來。」

她掏出電影票，晃一下，閃身不見了。

姊夫定要上酒館，說有應時好菜，坐在臨河的窗畔，柳絲飄拂，對岸的油菜花香風徐來，我陳述這個時浮時沉的宿願，他認為：

「其實你太多慮，拍照小事情，單獨拍他也可以，兩人合照也可以，送他幾張，他謝你呢。」

「……和平常不一樣……我是想用他的相片，代替被燒掉的……將會印在書上……」

姊夫默然許久——我悔了，決定放棄這個怪念頭。

他點一支菸，緩緩說：

「我想，這也無所謂合乎情理不合乎情理，威良與你僅僅是童年的面貌相像，其他，就會完全不同，我想，我想這種童年的照片，對於你，將來有用，對於他，將來未必有用……」

我苦笑：

「太『良知』了，這樣的判斷，勢利性很明顯，攔劫別人的『童年』，我寧可被歸於育嬰堂孤兒院出來的一類。」

姊夫目光黯斂，俄而亮起：

「不，這樣，還是應該今天就拍攝，然後找高明的肖像畫家，依據照片，換上三十年代的童裝，那就是你了，記得你那時常穿大翻領海軍衫，冷天是棗紅緞袍嵌襟馬褂法蘭西小帽……」

雙手比劃著，老人的興致有時會異樣地富聲色。

「吃菜吧……我只盼找回一個連著脖子的小孩的頭。」

「更容易畫！」

「不，『人』，我要照片，不要畫像，畫像裡的，是畫家的化身，如果畫家能畫出不是他化身的純粹畫裡的『人』，那是個無聊的畫家，他的畫，我更不喜歡。」

應時好菜已半涼，加緊餐畢起身，怕小客人已等在樓下。

畢竟姊夫已臻圓通，回家的路上，我接受了他的主意：先拍攝，再斟酌。

小客人還未到，姊夫揩抹棋盤，爇枝奇南香插在膽瓶中，竹簾半垂，傳來江輪的悠長的汽笛。

威良一進門，我的熱病倏然涼退。

距離上次見到他，算來已過了三年，姊夫常與他相處，三年前的印象先入為主，以後的變化就不加辨別。

他們專注於棋局，我從容旁觀，威良的眉目、額鼻、頤顙，與童年的我無一相似，這些不相似之點總和起來，便是威良，迥異的漂亮鄉村少年，他將是安穩多福的。

溫莎墓園日記

最初是陌生的無名墓園，每週一二次漫步其間，幾年過來，季節的換景就不再驚訝，也未曾遇見人，漸漸信賴這是個廢區，可占為孤獨者的采地，躑躅在環形的泥徑上，就都是蒼翠的樹蒼翠的樹，因為十四座墓碑全位於泥徑的外緣，其內細草鋪匯成偌大的圓坪，喬木和亞喬木分別聳立著，已經是一個不小的幽林，只有居中而偏西的那塊黑岩，巨象之背般伏在蒿萊叢中，容易引起如果憩息其上的意欲，並非有所困倦，都只宜於坐著臥著瀏覽高處紛紜的杈枒，其實是滿天明綠的繁葉，無不搖曳顫動蕭蕭作聲。

那年夏季常來大風，暴雨比風還大，墓園裡有樹折倒了，折倒了一棵，也位於西北角，過後鋸成許多段，曝在原地，日光照著肉黃的鮮明的橫斷面，年輪可估百數，蛀空了的緣故，近地面那截被什麼蟲長久營巢，倒下來的時候，似乎沒有連累別的樹，而因為是夏季，墓園的整部濃蔭，唯獨西北角就敞亮得異樣，可知這棵樹曾有多少多少葉子，直到秋季，秋深，缺失感才不再顯著，段木全運走，翌年的夏季，除非想起那時折倒了一棵樹，此外不會覺得墓園有什麼缺失。

（這些或者寫入給珈桑德拉的信。）

黑岩是很大一塊，方位猶如管弦樂隊的指揮所在處，這個慵懶的指揮兀自坐著吸菸，僭占整園葉子的混合碎聲，總是這樣起始滿懷愉悅榮耀，任憑億兆樹葉的碎聲供養一尊，將自身喻作薄巧的紙舟，樹葉的碎聲詮釋為淼淼的水，水的浮力裕然載托紙舟……

葉子的碎聲撩動耳蝸的纖毫，風給髮膚以清涼柔潤，而肉體何止是這些，它大著，被忽視棄置，於是它欠伸了，健全的肉體在黑岩上作癱瘓狀為時已久，它欠伸，四肢應和著改換姿態，徐徐平定下來。

肉體要離開黑岩，離開黑岩那麼何往，肉體又勿明去向，它只是不能過久保持一宗姿態，其實它過敏於畏懼死，一宗姿態久了，它以為鄰近死，肉體隨時以動作自證，疑慮於類似死或與死無差別的狀況，只有疾病和睡眠，才使肉體寧息，它知道但求疾病痊癒睡眠滿足，方能繼續自證存在，康復和甦醒之後，肉體又諱忌靜止，每有較長的靜止，它會以筋骨的痠楚，肌膚的痹癢來咨照，如果不得理會，伎倆就更趨狡黠，它偽裝徇從，安謐不動，情緒悄悄從底層亂起，感官遲鈍了，樹葉的混合碎聲，不再是榮悅的供養，守在黑岩上亦是枉然。

為何漫步最宜沉思，就因肉體有肉體的進行，心靈有心靈的進行，心靈故意付一件事讓肉體去做，使它沒有餘力作騷擾，肉體也甚樂意，無目的，不辛勞，欣然負荷著心靈，恣意地走，其實各種沉思中，很多正是謀劃制服肉體的設計，乃至隳滅肉體的方程演繹。

（以上的，寄給珈桑德拉，不會，她不會抱怨故意把信拉長。）

這不是庶民聚葬的公墓，是教會產邑的部分，安息的都是蒙主召歸的基督徒，歷任教堂執事，樹林外便是西敏寺廣場，禮拜天上午泊滿車輛，其實整個灰黃糙石立面的建築群，是一座

Monastery，既恢弘又樸素的修道院，在北美洲自亦少見，廣場空漠如茫茫弱水，偶爾浮現一二模糊人影，形狀也不類 Monachus, Nonna，猜度性質，許是 Order，教社，不限於駐院修道的僧尼，教社中人除了斷念俗慮潔身持戒者，凡同宗義俱屬社眾，畢生奉獻於傳播福音，興辦學校，分施慈惠，可見所謂四百年前此風已告衰竭的史鑑，未必盡然，Order, Monastery，同起於五、六世紀，十字軍第七次踉蹌退回後，倒是這些黑衣人吐哺了歐羅巴文化，才不致瘓斃在天路歷程的荒涼驛站上。

但是很願知道這個墓園有沒有特定的稱謂，既已熟悉也可擅賦稱謂，常常是那樣的，對陌生人亦常常在暗中呼喚，親暱地，切齒地，在暗中有名有姓地呼喚，當那些平常人變得不平常時。

墓的款式也舛異，下葬應是骨灰，骨灰入土後，用原煤般黑的長形石塊，交疊砌臺，高一公尺以上，再安頓墓碑，死者的名姓、生卒年，鐫於銅牌，銅牌橫約二十釐米，闊六釐米，嵌在石碑的右下角，於是石碑的中心讓給一方瓷質的高肉浮雕，其實最初吸引進入墓園的雖是夏綠的喬木，導致頻來徘徊的卻是這十四方瓷雕，耶穌走向各各他，再重複重複也看不厭，瓷雕只作人形和十架，沒有襯景，他枯瘠，細長，禁欲的清苦肉身，袍片和褻衣都是靈性的，塗著淡青淺赭的釉彩，作為坯體的瓷泥是粗粒子的，釉彩又呈透明，所以整方瓷雕是慘澹的病黃色，這些還只起時空的邈遠感，值得一次再次對之凝眸的是人形的塑造，亦即所謂拜占庭的風調，到了拜占庭，大藝術家似乎退而入寐，餘事盡付工匠，一切從此圓熟而拙劣，似乎本來不致這樣拙劣，是出於誠慤的緣故，似乎是因為拙劣，只求看取誠慤了。

（珈桑德拉喜歡我絮聒，就寄她這些，她認為瑞士是真寂寞，當然指我這裡是假寂寞，我辯道：能把寂寞分出真呀假呀，頗不寂寞。）

第五座墓碑的銘牌脫落，右下角的位跡深褐色。其他的十三座都完整，就因為只有一座無名無姓，令人徒然尋思這裡埋葬的是誰。

搜視草叢，銘牌怎會不就在壘石的四周。

壘石上平平放著一生丁，生丁可能掉在泥徑上，草叢裡，怎會落於離地如許之高的壘石上。

信手將生丁拈來……放回原處，心緒轉為空惘，今天的漫步敗興而回，不可理喻的偶然性是最乏味的。

（把這些納入日記中，以示無事可記。）

愛德華八世與華利絲·辛普森，本世紀最後一對著名情侶，終於成為往事，各國的新聞紙為公爵夫人的永逝，翩躚致哀了幾天，狀如藝術家的回顧展，華利絲年輕時候的照片，使新聞紙美麗了幾天。

看罷溫莎公爵和公爵夫人的愛情回顧展，猶居塵世的男男女女都不免想起自己，自己的癡情，自己的薄情。

這分明是最通俗的無情濫情的一百年，所以驀然追溯溫莎公爵和公爵夫人的粼粼往事，古典的幽香使現代眾生大感迷惑，宛如時光倒流，流得彼此眩然黯然，有人抑制不住驚歎，難道愛情真是，真是可能的嗎。

在雖然已經具備語言文字的紀元中，忽然說，人生如夢，之前，誰也不曾聽到過這樣的比喻，人生如夢，聞者必是徹心驚悟，這個比喻終於傳達得人人都會脫口而出，以此推衍，遠古必定發生過這樣的事：有人，不知是男是女，在世上第一個第一次對自己鍾情已久的人，說，我愛你，再推衍，必有人作為世上第一個，第一次以筆劃構成愛字，在其前加我其後加你，這樣，第一次聽到我愛你，聲音，和第一次看到我愛你，文字，必會極度震駭狂喜，因為從來沒有想到心中的情，可以化為聲音變作字……嗣後，嗣後的人，那是指相繼誕生的男男女女，代復一代，不拘是語言的愛文字的愛，都敝舊了，哆嗚歪斜了，所以溫莎情侶，用清正的嗓音，端莊的手跡，將愛說出寫出，芸芸眾生又覺得人生是人生，夢是夢，然後，才委委婉婉，重新認領人生如夢，其實這時卻正在人生裡而不在夢裡。

愛德華八世，巴黎，卡蒂亞珠寶店，為她買首飾，前後共計八十七件。

范克里夫和亞伯斯，共買廿三件，紅寶石鑲鑽項鍊，刻了：我的華利絲‧大衛贈。

藍寶石鑲鑽手表，也從范克里夫買來，上刻：為我們的婚約18V—37。

另一條，出自卡蒂亞，紅寶石鑲鑽手鏈，結婚一週年紀念，六月三日。

鑲珍珠鑽石的晚宴手提袋。

鑲寶石的鏡子、皮帶。

卡蒂亞珠寶店著名的大貓寶石，鑲在豹形和虎形的手鐲上及夾子上。

一支鑲紅寶石藍寶石翡翠及鑽石的紅鶴別針。

總數兩百一十六件，溫莎公爵用以補充語言文字每嫌不足的愛之表達，贈予這使他寧願放棄王位的華利絲，她始終是無辜的，一直是悒鬱的，皇室和上流社會隱隱然視她為不祥的尤物，在她謝世之前，已有八年沒有走下法國布倫家中的樓梯，喪失說話的能力也已有七年了，那兩百餘件愛的信物珍物，此後就冰凍般存放在銀行裡，不再為晶燈玉燭照耀生輝。

秋深以來，墓園並無蕭索之感，樹木落盡葉子，纖枝悉數映在藍空中，其實是悅目的繁麗，冬季是它們的裸季，夏季是人的裸季，冬季是樹的裸季。

認為墓園是廢區就判斷失誤了，這裡已非孤獨者的天賦采地，第五座墓碑的石基上的那個生丁，已被翻轉，上次信手取來又放下時，記得是林肯的側面像，而今變為紀念堂的圖像。

誰也注意到這生丁，掇之、置之。

生丁再翻為林肯像的一面。

幾天後去墓園，生丁以紀念堂的圖像承著薄暮的天光。

信息，此與彼之間存在信息，信息的初極和終極相連，其間沒有美醜賢劣強弱智愚的餘地，誰都能用拇指食指將生丁翻個面。
風雨霰雪不能使平貼在石上的銅幣轉身，鳥也不會抓它啄它，
松鼠以嗅覺來辨識食物，使生丁由正面換為背面的力，是人力。
此，執正面，彼，執反面，幾次的翻轉，信息的涵義深化為：

此存在
此沒忘懷
此願意持續

生丁正之反之的次數愈多，涵義的值就進入：

此至今猶存在
此怎能忘懷呢

此已無法中斷這個持續了

原本是最輕易的兩個手指合成一個動作，起始的信息，初極與終極天然相連，由於此彼各執一面的次數的增多，親手製造輪迴，落入輪迴中……

如果，不再去墓園，如果去墓園而不近第五座石碑，如果行過石碑前而不伸手翻轉生丁，這種三種行為，都是背德的，等於罪孽。

刑場、賭場、戰場，俱是無情的場，蘇士比拍賣場也是無情的場，一九八七年四月，日內瓦的蘇士比，將逐件拍賣溫莎公爵贈溫莎公爵夫人的兩百一十六件愛的珍物信物。

公爵夫人把她的大部分財產捐給巴斯特中心，醫學的研究機構似乎研究不出更華嚴得體的辦法，來處置這些珍物信物，似乎只好交給蘇士比，而且已經把它們鎖在日內瓦一家銀行的保險箱內了。

蘇士比拍賣公司的聲音：本公司在瑞士的珠寶鑑定專家，應邀鑑定這批首飾，因此，順理成章概由本公司拍賣。

愛情需要鑑定？瑞士的珠寶鑑定專家將鑑定溫莎公爵與溫莎公爵夫人的愛情，無價的，有價了。

然後是四月，溫茂的季節，瑞士，多福的國，日內瓦，清倩的湖畔，蘇士比，無情的場。

紅寶石及金剛鑽鑲成的項鍊，投保於銀行的價目是六十萬鎊，鑑定家認為實值五十萬鎊，女星伊麗莎白・泰勒首起接價，杜拜王室的穆罕默德喊了五十五萬鎊，德國鋼鐵大王泰森出的就是當初投保銀行的六十萬鎊，希臘船王加了二萬，六十二萬鎊，然而還有英吉哈德太太，白金之王的遺孀，她與溫莎公爵夫人的私交非比尋常，早年她在晚宴中乍見這串紅寶石閃耀於華利絲胸前時曾經讚歎過……

現在是二月，還有兩個月，蘇士比公司聲稱：拍賣將在最保密的情況下進行，甚至不列出邀請名單。

行近第五座墓碑……

平時硬幣在指間流過，從不仔細端詳，原來這生丁的背面，林肯紀念堂之上，有一行拉丁文，意謂：「許多個化為一個。」既蘊藉又浩蕩地頌揚了這位總統的功德，然而此句拉丁文所可能啟示的何止這些。

翻轉生丁，已成信息，不翻轉生丁也自成信息，涵義是：

此已死亡
此全忘懷
此不再來

除了此已死亡這一項是天命，其餘二者等於告示彼：此，是一個輕薄的無情誼的人，也等於判定：彼，是癡騃的，長時與輕薄的無情誼的人通款，是癡騃的。

或許彼亦既入輪迴，想脫卻而不能，彼已厭倦於清晨晼晚悄悄入林翻轉這個生丁，這是此的哀怨的猜想。

又害怕有第三者介入，偶然發現生丁，取來，信手拋擲，那就，信息亂了，涵義轉為：

終止

這是荒謬

這是荒謬的消除

故而，若生丁不在，先應解釋為有第三者介入，就得再放一個色澤相仿的生丁在那裡，作林肯像的正面。

且深信，倘彼來不見生丁，彼思，彼也將以另一生丁置於原位，作紀念堂的反面。

這樣，豈非已經與愛的誓約具有同一性。

這個生丁的變動，倘是出於神意，出於魔意，就可不予理睬，任憑神魔進而捉弄，總能與之頡頏周旋，而今是人，人意，不明性別年齡儀態品質，時日愈久，愈無意覷悉其品質儀態年齡性別，只以精純的人的一念耿耿在懷，這又豈非正符合那生丁背面的拉丁文銘言：把許多個化為一個。

（珈桑德拉來信，說女兒已入附近的中學，終於她能專忱新聞事業了，似乎把我尊為消息靈通人士，不加解釋地問道：

四月間你來不來，當然是指三月底，我陪你去看溫莎公爵夫人的遺物，最動人的無疑是那紅寶石項鍊，從前我在英吉哈德太太的沙龍裡初晤華利絲‧辛普森時，她就佩戴著它，四十歲，林中清泉的美，真正風華絕代，她是屬於上個世紀的，或說，十九世紀留給二十世紀的悠悠人質。

希望你來，當然你得克制去你那邊的蘇士比，如果，你終於還是不想來日內瓦，那麼，別錯過這六天，三月十七日——廿二日，紐約的展覽期，你看了，至少以後談起來言之有物。

我想你一定在惋惜溫莎公爵夫人的遺物行將散失，散，就是失，雖然我不可能慫恿英吉哈德太太全部買下來，哦，可惡的競爭者，但是這紅寶石項鍊，已被我遊說到了這位白金皇后怒意盎然，矢言非要到手不可，如果你能來親睹項鍊的誰屬，我會多麼高興。

你知道，華利絲一直活在陰影裡，當然也正是活在大衛的愛裡，公爵亡後，她已灰了，他和她沒有事業，只有愛情，恰如你嘲弄的，以愛情為事業的人，那麼，以事業為愛情的人，又如何呢。）

（覆函：三月底我不能來瑞士，四月，五月，也未知可否成行。

會來的，來則告訴你，我這裡發生了什麼事。

不要問，尤其別用電話探聽，我說不清，相信你會同情，而後，原諒我，好久沒有給你信，日記也停著。

等我來日內瓦時，將隨帶一物，供你持之與紅寶石項鍊作比較，先別妄猜，往好裡猜壞裡猜都是錯，總之我可以停止嘲弄以愛情為事業的人，但不停止嘲弄以愛情的新聞為事業的記者們，你是例外，因為你知道自己永遠是例外的。

紅寶石項鍊到紐約蘇士比時，我當遵囑去瞻仰，因為那時，它還是傳奇性的聖物，以後，四月以後，它是商品性的俗物，是的，我有點傷心，偌大世界，連一個女人的首飾也保藏不了，非要分屍似的零落殆盡，真是情感教育，從前阿爾魯夫人的東西，在她活著時就被拍賣，那場面實在寫得好，殘酷，噢，文學是，必得寫到一敗塗地，才算成功。）

每星期五去墓園，下午，生丁無誤地翻了面，一陣針刺般的喜悅。

接連幾場大雪，墓園西北角積雪尤深，今年才分識雖是同樣落葉的樹，有的枝頭綴雪，有的就承不住，大雪後，墓園的喬木亞喬木仍是光淨的枯枝。

當生丁被雪蓋沒時，有一種輪迴告終的不祥之感，側著手掌輕輕拂雪，像是尋找埋在雪層下的寶貝或骸骨。

二月六日，整天在曼哈頓料理瓜葛世事，事畢，才知雪和夜都深了，車行維艱，駛至教堂區，進口的矮欄已被關上，那也只是不准泊車，銀白的廣場顯得遼闊，修道院樓上有窗戶是明的，隔著紛紛的雪，燈光幻為柔媚的淡橘紅，耶誕已過去一個多月。

無風而飄雪就另含滋潤的暖意，腳踏在全新的白地發出微音，引起莫名的慚謝，雪夜的靜是婉孌的，因為溫帶的雪始終是難久的稚氣而已。

墓臺積雪甚厚，伸手探入底層，取得生丁，以打火機的光看清了，翻面，塞進雪層，按平在石上。

墓園籠在騰旋的白色網花中覺得陌生，反而像迢遙童年所見的雪的荒野。

燃起紙菸，其實已經知道而且看見，我也被知道而且看見了。

（夤夜十二點，我們離開墓園時，凌晨三點半，許多個化為一個，紛紛的雪。）

木心作品集——
溫莎墓園日記

作　　者　木　心
總 編 輯　初安民
責任編輯　何宇洋　施淑清
美術編輯　黃昶憲　林麗華
校　　對　何宇洋

發 行 人　張書銘
出　　版　INK 印刻文學生活雜誌出版股份有限公司
新北市中和區建一路249號8樓
電話：02-22281626
傳真：02-22281598
e-mail：ink.book@msa.hinet.net
網　　址　舒讀網http：//www.sudu.cc

法律顧問　巨鼎博達法律事務所
施竣中律師
總 代 理　成陽出版股份有限公司
電　　話　03-3589000（代表號）
傳　　真　03-3556521
郵政劃撥　19000691 印刻文學生活雜誌出版股份有限公司
印　　刷　海王印刷事業股份有限公司

港澳總經銷　泛華發行代理有限公司
地　　址　香港新界將軍澳工業邨駿昌街7號2樓
電　　話　(852) 2798 2220
傳　　真　(852) 2796 5471
網　　址　www.gccd.com.hk

出版日期　2012年7月　初版
2018年9月25日　初版三刷
定　　價　390元
ISBN　978-986-5933-23-4

國家圖書館出版品預行編目資料

溫莎墓園日記／木心 著；
--初版，--新北市中和區：INK印刻文學，
2012.07　面；　公分.
ISBN　978-986-5933-23-4（平裝）
857.63　　101010562